Über die Autorin:

Schon immer vom Lesen gefesselt, packte Lorraine die Begeisterung für das Schreiben mit zarten 11 Jahren. In der Schule hatte sie nie Probleme, sich in Windeseile Geschichten aus dem Hut zu ziehen und diese für die Aufsätze zu verwenden. Später, während ihres Germanistikstudiums und einer Teilzeitstelle in einer Bar, verfasste sie also ihr erstes Buch „Memories of the Otherworld". Lorraine lebt mit ihrem dicken, siebzehn Jahre alten Kater in Wien.

L.E. Lancaster

Die Zwerge Aedens

Klinge des Lichts

Bibliografische Information der Deutschen Nationalbibliothek:
Die Deutsche Nationalbibliothek verzeichnet diese Publikation in der
Deutschen Nationalbibliografie; detaillierte bibliografische Daten sind im
Internet über http://dnb.dnb.de abrufbar.

Herstellung und Verlag: BoD – Books on Demand,
Norderstedt

ISBN: 978-3-7534-8267-5

Lieber Leser/Liebe Leserin:

Ich danke dir von tiefstem Herzen, dass du mein neues Buch gekauft hast und damit mich (und meine Reise) unterstützt.

Da ich nicht gerne drumherum rede, wünsche ich dir viel Spaß in Aeden und hoffe, du musst hin und wieder genau so schmunzeln, wie ich es beim Schreiben getan habe.

– Lorraine

L.E. Lancaster

Die Zwerge Aedens

Klinge des Lichts

PROLOG

Dies ist die Geschichte eines Helden. Eines unscheinbaren Zwerges, der seit er kräftig genug ist, in den Minen der Belleborg Provinz zu arbeiten pflegt. Um diese Sage zu verstehen, müsst ihr Fremdlinge zunächst die Welt Aedens kennenlernen, in sie hineindenken und euch wahrhaftig in dieser Welt verlieren.

Denn nur wer sich in diese andere Welt zu versetzen vermag, kann das wahre Ausmaß der folgenden Erzählung zur Gänze erfassen.

Die Lande Aedens sind unterteilt in fünf Provinzen. Vier von ihnen führen ein Leben im Licht – die Nebellande, Belleborg, das Danbron Atoll und das Rimterel Refugium. Allesamt beherbergen sie sowohl Zwerge, Elben, scheue Sylphen, Menschen und Nalian – eine für gewöhnlich eher kriegerische, katzenartige Mischkreatur, dessen Dasein sich in Zeiten des Friedens der Magie widmet. Jedes dieser Wesen ernennt pro Provinz einen König, diese stellen zusammen das Adelshaus und somit die herrschende Instanz dieser Lande dar.

Die fünfte Provinz hingegen lebt im Schatten. Verborgen vom Licht fleuchen hier die Kreaturen der Nacht umher – Oger, Harpyien und Eander – dem Drachen entsprungene Wesen, welche von riesiger Statur sind, auf zwei Beinen laufen, einen Schwanz und ein drachenartiges Maul besitzen, des Feuer speien mächtig sind und über enorme Kraft verfügen. Zu guter Letzt kommt die wohl grässlichste aller Kreaturen, die je auf dem Planeten wandelte – der Malimon. Gespenster aus längst vergessenen Zeiten, aus dem Schatten selbst entsprungen. Sie zehren am Leben anderer, berauben ihn sämtlicher Lebensenergie, während sie ihn buchstäblich in den Wahnsinn treiben. Der bloße Anblick eines Malimon versetzt sogar den mächtigsten Krieger in Angst und Schrecken.

Einst herrschte ein erbitterter Krieg gegen den Lord der Feuerlande. Alle Völker der vier Provinzen des Lichts vereinten sich und konnten so den gemeinsamen Feind niederstrecken. Seine Diener der Schatten wurden aus den Provinzen, in welche sie eingedrungen waren, vertrieben und auf ewig in die Feuerlande verbannt. Dies geschah schon vor mehreren Generationen – niemand, der jetzt lebt, hatte das Leid am eigenen Leib erfahren, alle waren blind, verkannten die Zeichen, welche sich am Himmel auftaten.

Es regte sich etwas in den Feuerlanden – eine dunkle Macht erwachte, gewann an Stärke und lauerte in den Schatten.

EINS

Von der harten Arbeit in der Mine völlig erschöpft, machte sich Hagras Hillblade auf in die kleine Kneipe der Stadt – „Zum kühnen Strom". Es war die einzige Kneipe in Ver Boramm, der Zwergenstadt, aus der Hagras kam. Zumal, weil die Stadt sehr klein war und hauptsächlich von Minenarbeitern sowie deren Familien bewohnt war. Den Handel und den Betrieb von Wirtshäusern empfand man hier als unnötig, denn nur wenige hatten das Geld, um sich teure Ware zu kaufen oder sich permanent volllaufen zu lassen.

Doch Hagras hatte einen Grund zu feiern. Er war bei seiner Arbeit in der Mine auf Gold gestoßen, weswegen er reichlich belohnt worden war. Viel zu lange dachte man, dass die einst ertragreichste Mine von ganz Belleborg erschöpft war, doch endlich wurde diesem Hirngespinst ein Ende gesetzt. Wie sollten auch Belleborgs Minen je kein Gold mehr zum Vorschein bringen? Schließlich war dies doch die reichste Provinz Aedens. Niemals würde es hier an Besitztümern fehlen, der Goldfluss nie vertrocknen. Nach seinem glorreichen Fund kamen sofort die persönlichen Minenherren des Königs – König Varat Onyxschulter. Ein berühmt-berüchtigter Zwerg, welcher ein hohes Ansehen und große Beliebtheit genoss, selbst weit über die Grenzen der Provinz hinaus. Laut den Erzählungen des Volkes waren die Speicher seines Schlosses so gewaltig, dass sie jeden Zwerg Aedens beherbergen könnten. Und allesamt waren sie prall gefüllt mit Goldschätzen und Juwelen. Sein Sohn Prinz Vandrut war ein tapferer Zeitgenosse und ein Vorbild für alle Zwergen des Landes. Des Öfteren unternahm er Erkundungen an der Grenze der Feuerlande. Meist kam er dann mit Trophäen zurück – die Köpfe derer Schattenwesen, die zu nah an den Provinzen des Lichts wandelten.

Hagras war stolz, diesen beiden Herrschaften dienen zu dürfen. Schon als kleiner Zwerg schwärmte er seinem Vater vor, er würde einmal Seite an Seite von den ganz großen Königen stehen dürfen, und mit dem Fund einer neuen Goldader tief in den alten Schächten der Mine, war er seinem Kindheitstraum ein Stückchen näher gekommen. Andächtig sah er in sein Maß Bier. „Wo bleibt er denn schon wieder?" Murmelte Hagras ungeduldig in seinen zottigen dunkelbraunen Bart hinein. Da schwang plötzlich die Tür der Taverne auf und ein, vom Regen getränkter, rotschopfiger Zwerg stapfte herein. „Hagras!" Schrie dieser mit scheinbar wütender Stimme. Hagras rührte keinen Muskel, er zuckte nicht einmal zusammen, wie die meisten, die in der Kneipe saßen. Im Gegenteil – dem Hereinstürmenden den Rücken zugewandt, wartete er auf seinem Barhocker darauf, dass dieser ihm näher kam. Und als der klitschnasse Zwerg endlich neben ihm stand, wand er ihm lässig den Kopf zu, wobei sein zerzaustes Haar wie bei einem Knaben verspielt nach hinten fiel. „Wird auch Zeit, Barimor. Ich hab meine Maß schon fast leer gesoffen – wo warst du denn so lange?" „Ach tut mir leid, dass ich den werten Herren Hillblade warten ließ", entgegnete der sich nun auf den benachbarten Hocker setzende mürrisch. „Aber falls du es noch nicht bemerkt hast, es schüttet in Strömen und auf den Straßen kommt man nicht gut voran", Barimor hob seine Stiefel an, um sie Hagras zu zeigen „hier sieh dir das an – Schlamm so weit das Auge reicht. An manchen Stellen wäre ich fast hüfttief eingesunken, wenn meine katzenartigen Reflexe mich nicht vor dem schlimmsten bewahrt hätten. Nicht auszumalen, wie das gewesen wäre – und ob ich da jemals wieder herausgekommen wäre!" Hagras musste schmunzeln, wie immer übertrieb sein treuer Freund, Barimor Frostmähne, wieder schamlos. Die Kunst des Geschichtenerzählens war an ihm keineswegs verloren gegangen. Genau das schätzte Hagras an seinem Gefährten so sehr. Unzählige Male hatte Barimor mit den aufwendig ausgeschmückten Geschichten schon so manche Schicht in der Mine erträglicher und aufregender gemacht. Nie ließ er sich eine gute Erzählung entgehen und immer fand er den passenden Augenblick für seine künstlerische Darbietung.

„Bedienung! Zwei Maß! Auf mich, versteht sich." Entgegnete Hagras der Zwergin hinter den Tresen, und prompt standen auch schon zwei Krüge vor seiner Nase. Behutsam, als würde er mit einem Neugeborenen hantieren, schob er einen der Krüge Barimor zu, darauf bedacht nichts von dem flüssigen wohlschmeckenden Elixier zu verschütten. Mit einer schnellen Handbewegung nahm Barimor diesen auf und noch schneller trank er auch schon darauf los. „Wie wär's mit etwas zu essen? Auf seine Rechnung, versteht sich", gab Barimor von sich. Die Bedienung nickte und verschwand alsbald in der Küche. „Nun erzähl schon", fing er an „wie war es als die königlichen Minengräber ankamen? Hast du mit ihnen gesprochen? Wie sind sie so?" Hagras schwelgte kurz in den Erinnerungen des vergangenen Tages, doch er konnte sich nicht erinnern, mit den königlichen Gesandten wirklich ein Gespräch geführt zu haben. Klar, er hatte schon geredet – recht viel sogar. Aber nie bekam er eine Antwort, nicht mal eines Blickes würdigten die Gesandten ihn. Erst als er von seinem Posten gehen wollte, rief ihm einer nach: „Der König wird sich ihren Namen merken, Hagras Hillblade. Sie haben Belleborg einen guten Dienst erwiesen." Stark blinzelnd riss es Hagras aus seinen Gedanken und er sah seinen Freund an ehe er sagte:

„Weißt du, ich hab keine Ahnung wie die so sind. Waren nicht gerade gesprächig." Die Nase rümpfend gab Barimor einen komischen Laut von sich, den er nur machte, wenn er gerade am Nachdenken war. Barimor verschwendete für gewöhnlich nicht äußerst viel Zeit mit nachdenken – außer bei seinen pompösen Geschichten natürlich. Noch bevor sein Freund seine sicherlich brillanten Gedankenzüge beenden konnte, stand das Essen vor ihm. Damit war alles vergessen und die beiden Freunde tranken und speisten erst einmal. Der Abend schritt voran und eine Maß nach der anderen wurde erfreut vernichtet.

Sie wurden jedoch abrupt ihrer heiteren Stimmung beraubt, als ein fremder, völlig aufgelöster Zwerg die Taverne betrat. Er zitterte am ganzen Leib, und es war offensichtlich, dass der kalte Regen nicht der einzige Grund dafür sein konnte. Dieser Zwerg litt unter panischer, alles zerfressender Angst. Sofort sahen alle den Neuzugang an. Die Bedienung stürzte beinahe auf den Fremden zu und geleitet ihn an einen Sitz an der Bar. Sie stellte ihm ein heißes Getränk an den Tresen und der Fremde dankte ihr aus vollstem Herzen. Die versammelte Kundschaft der Taverne stellte sich in einem Halbkreis um den zitternden Zwerg. Ungefragt begann er, seine schaurige Geschichte zu erzählen. Er war weit gereist, kam aus den Nebellanden, um sie zu warnen. Schlimme Dinge seinen passiert – Tod und Verderben über die Lande eingebrochen. „Der König, er hatte keine Ahnung was geschieht und noch viel weniger wusste er, was er dagegen machen konnte", meinte der Verängstigte. Jemand in der Runde fragte nach Einzelheiten, wollte genauer wissen, was geschehen war. „Es war grauenvoll. Zunächst wurden die Nebel immer dichter, der Himmel wurde finster, beinahe rabenschwarz war es geworden. Dann kamen die Spinnen – sie waren überall. Zunächst waren sie nur klein, man konnte sie zertreten. Dann wurden sie größer, immer zu größer!" Schluchzend und mit aufgerissenen Augen saß der Zwerg aus den Nebellanden da. „Überrannt haben sie uns! Überrannt! So viele waren es – zu viele! Wir waren schutzlos dem Ganzen ausgeliefert! Doch dann", der Zwerg hörte auf zu sprechen, er begann noch fürchterlicher zu zittern als zuvor und seine Atmung wurde schneller. Man sah das Grauen in den Augen des Genossen. Todesangst spiegelte sich in ihnen wider. Hagras reichte ihm sein heißes Gebräu, welches er schon wieder an den Tresen gestellt hatte, und bewegte ihn dazu, einen Schluck zu trinken. Das Getränk half dem Zwerg, seine Nerven so weit zu beruhigen, dass er wieder weiter sprechen konnte und Barimor klopfte seinem Freund lobend auf dessen Schulter. „Doch dann", begann der Fremde erneut, „kam sie." Wiederum machte er einen großzügigen Schluck von der Mixtur. „Eine Schlange so groß, wie ich sie noch nie gesehen hatte. Ich wusste nicht einmal, dass die so groß werden können!" Hektisch blickte der Zwerg umher. „Ihre Augen glühten blutrot und sie verschlang alles, was sich ihr in den Weg stellte. Die Geräusche, die sie von sich gab – dieses elendige Züngeln – es ließ selbst die Erde erzittern."

„Hagras? Glaubst du ihm?" Flüsterte Barimor seinem Freund ins Ohr. „Für mich wirkt er wie ein Verrückter –

muss wohl ein paar Steine zu viel auf den Kopf bekommen haben", fügte er dann noch hinzu.

Doch irgendetwas an den Worten des Genossen ließ Hagras ihm Glauben schenken, weswegen er dem Zwerg auch anbot bei ihm nächtigen zu dürfen. Ungläubig über die große Wohltat des Zwerges sprang der Nebellandenzwerg von seinem Hocker und schrie förmlich: „Vielen Dank, nobler Herr! Mein Name ist übrigens Ulil Ashcoat", schnell ergriff er Hagras Hand und schüttelte sie eifrig.

ZWEI

Hagras und Barimor waren am darauf folgenden Tag, noch immer die Ereignisse der letzten Nacht verarbeitend zu ihrer Arbeit in der Mine erschienen. Sie hatten Ulil kurzerhand dorthin mitgebracht und ihrem Minenleiter vorgestellt. Der noch immer sichtlich mitgenommene Zwerg konnte keineswegs alleine gelassen werden, und deshalb empfanden die beiden, dass ihm etwas Arbeit nicht schlecht tun würde. Als Ablenkung quasi. Ulil würde fürs Erste an Hagras und Barimors Seite arbeiten müssen. Sie sollten ihm alle nötigen Techniken lehren und ihm eine Einführung in Sachen Sicherheit bei der Minenarbeit geben. Dieser hatte nämlich in Bezug auf Minen keinerlei Erfahrung, da man in den Nebellanden primär Handel betrieb. Schwere körperliche Arbeit war diesen Zwergen fremd, dafür konnten sie einem so ziemlich jeden Plunder einreden und einem, wenn man nicht aufpasste, gehörig das Geld aus den Taschen ziehen. Während Ulils ersten Tag kamen die drei Zwerge nicht daran umher, das

Getuschel der Übrigen zu registrieren. Wo sie in den verzweigten Tunnelsystemen auch hinkamen, nirgends nahm es ein Ende und jeder der an ihnen vorbeistreifenden Zwerge sah sie schief an, ehe er kopfschüttelnd begann, dem Nächsten etwas ins Ohr zu flüstern.

Zunächst vermutete Hagras, das ganze Gemunkel und Geflüster gelte ihm – schließlich war er es, der die Goldader gefunden hatte. Und das war eigentlich auch nur reiner Zufall! Der ihm zugeteilte Schichtleiter konnte Hagras partout nicht ausstehen und wollte ihn bloß ein wenig schikanieren, indem er ihn an das am weitesten von der Gruppe entfernte Ende des Schachtes schickte. Vermutlich dachte er, er könne Hagras so besonders einen reinwürgen. Doch dem war dann schlussendlich nicht so. Hagras wurde immerhin großes Lob erteilt und alle wussten, dass er diesen Verdienst nicht alleine begangen hatte – dass es purer Zufall war, dass ausgerechnet er dort gewesen war. „Schicksal eben", dachte sich Hagras als er mit seinen beiden

Kameraden weiter durch die Gänge stapfte. „Die werden in ein paar Tagen schon aufhören."

Einige Tage vergingen und das Verhalten der anderen Minenarbeiter hatte sich noch immer nicht gebessert. Selbst Barimor glaubte nicht mehr daran, dass sie Hagras gegenüber böse gesinnt waren, aus diesem Grund leitete er prompt Nachforschungen ein. Mit seiner schroffen Art, die er an den Tag legte, stürmte er auf einen gerade im Flagrante erwischten Zwerg zu. „He du!" Schrie der sich noch immer im Laufschritt befindende Barimor. „Was ist denn eigentlich dein Problem, hä? Spuck's aus, du kleiner – !" Vor Wut wurde Barimors Gesicht so rot wie seine Haare. Er packte den anderen Zwerg am Kragen und hob ihn, weit über seinen eigenen Kopf hinaus, hoch. Er schüttelte ihn und rüttelte ihn, bis dem Zwerg ersichtlich schlecht war und er ganz grün anlief. Da eilte Hagras herbei und begann auf seinen zornigen Zwergenfreund einzureden. „Barimor! So wird alles, was aus ihm herauskommt, nur sein Frühstück sein! Lass ihn runter, bevor er dir..." Doch zu spät, der Geschüttelte konnte es nicht mehr halten und so spie er Barimor, in hohem Bogen direkt auf dessen Gewänder. Perplex von den Geschehnissen ließ er von dem Geschüttelten ab, sodass dieser harsch zu Boden fiel, wo er dann auch eine Zeit lang der Ohnmacht nahe verweilte. Allerdings erzürnte die Gräueltat den ohnehin schon erbosten Zwerg ungemein, weswegen Barimor, mit einem wilden Blick, einem vor Wut zuckenden Auge und schäumendem Mund plötzlich anfing herumzuschreien: „Du elender Mistkerl! Dafür sollst du büßen!" Zu Hagras Entsetzen erhob Barimor seine zur Faust geballte Hand und holte zum Schlag aus. Gerade noch so gelang es Hagras, mit der Hilfe des sich bis dato hinter ihm versteckenden Ulil, den voller Zorn erfüllten Barimor an dessen Hüfte zu packen und ihn in eine sichere Distanz zu dem Verwirrten zu zerren. Schnaubend und völlig außer sich zappelte Barimor vor sich dahin und versuchte sich so aus den Fängen seiner Kameraden zu entreißen. Zu diesem Zeitpunkt waren bereits andere Zwerge in die Gänge geeilt und halfen dem Taumelnden aufrecht zu stehen und hinfort zu straucheln. Noch bevor sie alle wieder verschwunden waren, wand sich einer der ältesten Minenarbeiter zu dem Trio um und enthüllte ihnen den Grund für ihr feindseliges Verhalten. „Der da ist schuld! Der und seine Lügenmärchen!" Schrie der Zwerg und zeigte mit seinem vom Dreck überzogenen Finger auf Ulil. „Wer glaubt denn heutzutage noch an riesige Schlangen? Der ist bestimmt nur hier, um uns die Arbeit zu stehlen, und ihr werdet sehen", der Zwerg machte eine kleine Pause in seiner Hassrede „mehr von dem Nebellandegesindel wird kommen. Und so Dummköpfe wie ihr beide lasst die auch noch hierbleiben, gebt ihnen Heim und sorgt für deren Wohlergehen." Verächtlich fauchend kehrte er ihnen den Rücken und marschierte dem Rest der Schichtarbeiter hinterher. Der bis vor Kurzem noch umher schlagende Barimor war ruckartig still geworden und man erkannte an seinem ausdruckslosen Blick, dass er baff war. Niemand von ihnen hatte damit gerechnet, dass die anderen Zwerge ein Problem mit Ulils Anwesenheit hatten. Auch wenn Hagras die Skepsis der andern nicht allzu sehr verwunderte, schließlich war auch Barimors erster Gedanke gewesen, dass Ulil ein Stümper ist. Aber dieser aus heiterem Himmel hervorquellende Hass hatte sie alle etwas aus den Socken gehauen. Allen voran Ulil, der nun mit zum Boden geneigtem Kopf hinter Barimor stand und zu schluchzen begann. Hagras räusperte sich und gab Barimor einen Wink, dass er Ulil gut zureden solle. Mit auf Ulil gerichtetem Blick und einem unmissverständlichen Kopfnicken stand Hagras also da und trotzdem brachte Barimor nur ein: „He. Hier wird nicht geheult" heraus, während er Ulil ermutigend auf die Schulter klopfte.

Da die drei den Grund für all das Getuschel der letzten Tage kannten, fiel es ihnen eindeutig leichter, dieses auszublenden. „Sollen die doch alle denken, was sie wollen", hatte der Zwerg aus den Nebellanden gesagt, „die werden schon sehen. Alle werden sie sehen." Nach ihrer Schicht schlenderten die Zwerge noch ein wenig durch die Gassen, und diskutierten eifrig, ob sich denn noch eine Maß im kühnen Strom ausging. Barimor meinte ja. Hagras wollte sich seiner Stimme entziehen und ließ lieber Ulil entscheiden, ob er nach den Strapazen es Tages nicht doch lieber zu Bett gehen wollte. Gespannt starrte Barimor, der Verdurstende, den Zwerg an. Enthusiastisch und mit beinahe fliegendem Barte nickte er dem unentschlossenen Ulil entgegen, und zwar so lange, bis er klein beigab. „Sag ich doch, eine geht sich immer noch aus!" Rief Barimor fröhlich Hagras entgegen und beschleunigte seinen Schritt. Gerade als er an der nächsten Gasse um eine Ecke biegen wollte, kollidierte er jedoch mit etwas. Es waren von Panik gezeichnete Elben, in die Barimor da rein gerannt war. „Ihr steht mir hier dezent im Weg, ich muss nämlich zu meinem Bier, ihr Langohren. Macht Platz." Grob schob er die schlotternden Gestalten beiseite, nur um vor noch mehr Hindernissen zu stehen. Der gesamte Eingangsbereich zur Taverne war mit verwirrten Elben, Menschen, Nalian, Sylphen und einigen Zwergen, versperrt. Barimor fiel die Kinnlade hinunter – wie soll er da zu seinem himmlischen Hopfensaft kommen? Als Hagras und Ulil hinter ihm auftauchten, begann er nur zu stottern und nach Luft zu schnappen. Hagras trat vor seinen hyperventilierenden Kameraden und verschaffte sich einen Überblick. Was hatten diese ganzen Leute hier zu suchen? Ulil stürzte an Hagras vorbei zu einer Gruppe von Zwergen, welche nicht weit entfernt stand und um Einlass in die Taverne ansuchte. „Tut mir leid, aber wir sind vollkommen überfüllt", teilte die Barfrau dem jammernden Haufen mit. „Torekrid!" Rief Ulil, worauf einer der Zwerge reagierte. Die beiden umarmten sich und Ulil sagte vor Freude schluchzend ständig „Du hast es geschafft. Du hast es geschafft." Hagras befürchtete das Schlimmste und egal welches der umliegenden Gespräche er auch belauschte, so hörte er überall nur von dem Horror, der sich zugetragen hatte. „Sie ist wieder da! Wenn ich es euch doch sage, die Schlange aus den alten Legenden, sie ist zurückgekehrt und wird uns alle vernichten!" Wimmerte eine völlig aufgelöste Elbin immerzu. Hagras stellten sich sämtliche Barthaare auf. Natürlich hatte er Ulil seine Geschichte geglaubt und zu keiner Sekunde an ihm gezweifelt, allerdings hatte er die Schlange, die

Ulil beschrieb, nicht mit der todbringenden Amphibie aus den Mythen seiner Kindheit verbunden.

Als der Lord der Feuerlande vor vielen Jahren zum ersten Mal Angst und Schrecken über die Provinzen des Lichts hereinbrechen ließ, beschwor er ein Schlangenwesen herauf – eine Dolae. Sie kroch aus den tiefsten Tiefen der Unterwelt herbei und nichts und niemand konnte sie zur Strecke bringen. Alleine Amorn Terberis, ein mächtiger Magier der Nalian vermochte es, das Wesen mit einem Zauber zu binden und es auf ewig in einem Berg in den Feuerlanden zu versiegeln. Der Legende nach verschlang dieser Heldenakt beinahe all seine Lebensenergie und mit letzter Macht fertigte er noch in Schwert an, welches die Amphibie, sollte sie je wiederkehren, vernichten konnte. „Die Klinge des Lichts", flüsterte Hagras geistesabwesend und stand wie versteinert in der Menge, während um in reges Treiben herrschte.

DREI

Während die kleine Stadt Ver Boramm nur so von Nebellande Flüchtlingen überrannt wurde, schaffte es einer der Boten des dortig bestellten Zwergenkönigs Gardril Orerock nach Kenbur, genauer gesagt in die Festung des in der belleborgschen Hauptstadt lebenden Königs. Der Gaul, auf welchem der Botschafter ankam, hinkte und war übersät von Blut. Man konnte nicht sagen, ob es sein Eigenes war, denn dafür war es schon zu sehr in dessen Fell eingetrocknet. Die Reise musste sowohl für das Tier als auch für dessen Reiter eine heiden Tortur gewesen sein. Alles, was der Bote noch von sich gab, nachdem er von dem geschundenen Vieh abgestiegen war, war: „Die Nebellande. Gefallen. König Orerock ..." Danach fiel er einfach um und mit ihm sein Vieh.

Der Gaul war seinen, wie man später sehen konnte, schlimmen Verletzungen erlegen. Dass er es überhaupt aus den Nebellanden bis nach Kenbur geschafft hatte, grenzte an ein Wunder. Der Bote hingegen war bloß, vermutlich aus Erleichterung endlich an seinem Zielort angekommen zu sein, in Ohnmacht gefallen. Er erwachte Stunden später wieder in einem der Gästezimmer seiner Majestät. Das Dienstmädchen, wessen Aufgabe es war, ihn zu betreuen, eilte sogleich zu Varat Onyxschulter in die große Halle. Dieser hatte sofort nach dem spektakulären Auftreten des Boten nach den Königen der anderen Völker Belleborgs gesandt und zusammen mit ihnen diskutierte er nun über die paar angsteinflößenden Worte, welche von dem Nebellandezwerg ausgespuckt wurden. „Die Nebellande gefallen? Humbug! Weswegen sollte so etwas denn geschehen?" Gab der König der Nalian gerade von sich, als die Magd erschien. „Milords, er ist wieder aufgewacht." „Schick ihn sofort her!" Schrien die fünf Oberhäupter der Königshäuser im Chor.

Als der sichtlich mitgenommene Zwerg vor ihnen stand, begannen sie alle wild durcheinander zu sprechen. Nur Onyxschulter stand schweigend da und starrte auf den lädierten Zwerg, bevor er mit einem kräftigen, durch die Hallen erklingenden „Ruhe!", die übrigen Könige zum Schweigen verurteilte. „Man teilte mir mit, du hättest den König der Nebellande erwähnt, bevor du umgefallen bist wie ein Brett. Was ist mit König Gardril? Sprich, Genosse." Der Zwerg sah ehrfürchtig zu Boden, bevor er sein Mundwerk öffnete und die vor ihm stehenden Könige ins Schaudern brachte. „Der König, er … er wusste nicht – niemand konnte." Er unterbrach, schnappte kurz gierig nach Luft und setzte dann, stolz erhobenen Hauptes, seinen Satz fort. „König Gardril Orerock schickte mich, um sie zu warnen. Etwas geht in den Feuerlanden vor sich. Im Schatten regt sich etwas – man hat uns überrannt. Der König ist tot. Die Nebellande gefallen."

Die Gesichter der Könige waren blass, niemand wagte es, sich zu bewegen. Der erste welcher der ourischen Sprache, der Nationalsprache Aedens wieder mächtig wurde, war kein Geringerer als Ceames Terberis, ein direkter Nachkomme des legendären Nalian Magiers. „Im Namen aller danke ich dir, du darfst gehen, Zwerg." Sobald der Bürgerliche aus dem Saal verschwunden war, fiel Varat Onyxschulter in seinen Thron zurück. König Orerock war einer seiner ältesten und besten

Freunde gewesen, ihre Kinder waren mehr oder weniger zusammen groß geworden. Seine Hände hielten sich an den beiden Lehnen des Thrones fest, bohrten sich schier in das helle Eichenholz hinein. Um seinen Gefühlen einhalt zu gebieten und nicht von der Wut und Trauer, welche ihn durchströmten, übermannt zu werden, ballte er seine Fäuste und schlug auf eine der Lehnen, um sich Gehör zu verschaffen. „Wir müssen in Erfahrung bringen, was in den Nebellanden widerfahren ist." Niemand der anderen Könige sprach auch nur ein Wort, jedoch nickten alle zustimmend. Onyxschulter sah es als seine Aufgabe an, zu erfahren, was seinem Freund geschehen war und ihm eine Beerdigung zu verschaffen, die eines Königs würdig war. Aus diesem Grund bestand er darauf, selbst die Unternehmung in die nachbarliche Provinz zu leiten. Ebenso bestand er darauf, seinen Sohn Vandrut mitzunehmen. Genau hier sträubten sich jedoch die restlichen Adeligen. Es wäre schon irrwitzig, einem von ihnen zu gestatten, in ihren vermeintlichen Tod zu reiten, beide jedoch wäre einfach unverantwortlich.

Wenn ihnen etwas zustoßen sollte, wären Belleborgs Zwerge ohne jegliche Repräsentation im Adelshaus. Sie wären ohne König und somit auch ohne Schutz. Doch Zwerge waren ein stures Volk. Immerzu mussten sie mit dem Kopf durch die Wand, nie ließen sie sich von etwas abbringen. So auch jetzt nicht. König Varat und Prinz Vandrut stapften schnellen Schrittes in Richtung Stallungen, während ihnen die restlichen Könige folgten und weiterhin versuchten, auf sie einzureden, sie umzustimmen. „König Varat, so seid doch vernünftig, lasst einen ihrer Erkundungstrupps zuerst in die Nebellande ziehen", sprach der Sylphen König. Doch der Zwerg stapfte weiter. „Nehmt meine Elben!" Schrie die Elbenkönigin. Doch der Zwerg führte bereits sein treustes Reittier aus der Box. Dessen Anblick ließ die Übrigen ruckartig zum Stillstand kommen, sogar einen Schritt zurückgehen. Das Tier erstrahlte in einem so leuchtenden weiß, dass der schönste Schneefall des kältesten Winters rabenschwarz aussah. Seine langen Reißzähne waren Rasiermesser scharf und sein Fell glänzte in dem Sonnenlicht. Schon nach wenigen anmutigen Schritten des Tieres war klar, es war von reinstem Blute – eines Zwergenkönigs Säbelzahntiger eben. Auch der Prinz hatte seinen gefährlichen Gefährten aus den Stallungen geholt, und als die beiden Tiere nebeneinanderstanden, auf den Befehl ihrer Herrscher wartend, sah man, dass der Tiger des Prinzen deutlich kleiner, vermutlich auch jünger war. Als der König auf sein Reittier aufgestiegen war, rümpfte er noch einmal die Nase und gab ein triumphierendes Schnauben von sich. Er wusste, dass er seinen Willen durchgesetzt hatte – keiner würde ihm jetzt noch widersprechen.

Seine Gefolgschaft aus zehn Mann wartete bereits am Burgtor. Sie waren von Kopf bis Fuß mit der hochwertigsten Rüstung des Landes ausgestattet, hatten die stärksten Waffen der besten Waffenschmiede in ganz Aeden – die Kriegerelite der Zwerge Belleborgs würde für den Schutz des Königs und des Prinzen sorgen. Selbst über die Ponys der Krieger gab es Gerüchte. Es seien keine normalen Tiere, sondern verzauberte Wesen, die keinerlei Angst verspürten, genauso wie die Zwerge, welche auf ihnen saßen. Selbst bei dem Anblick der Säbelzahntiger zuckten sie keineswegs, ganz im Gegenteil, sie prusteten sich und atmeten herausfordernd aus ihren Nüstern aus.

So begann die Reise der zwölf, auf siegessicherem Getier dem Ungewissen entgegen, mit gegen Himmel gerecktem Kopf und erhobenen Waffen.

Doch schnell wurde klar, dass in den Nebellanden nicht nur ein paar Oger ihr Unwesen trieben. Die Gefährten führten ihre Reittiere nicht nur über Stock und Stein, sondern auch über unzählige Überreste aller Völker des Lichts. Leichenberg nach Leichenberg mussten sie bei schlechter Sicht und üblem Verwesungsgeruch umschiffen, während sie gegen etwaige Feinde, welche aus den Schatten sprangen, ihr Leben verteidigten. Prinz Vandruts Puls erhöhte sich nicht etwa wegen des Adrenalinkicks, welchen einem das Kämpfen schon einmal bereiten konnte. Nein – vielmehr spürte er die Präsenz eines übermächtigen Feindes, welcher sich nicht zu erkennen gab. Stattdessen schickte er Krieger um Krieger, um von den Zwergen abgeschlachtet zu werden. „Vater, hier stimmt etwas nicht. Wir sollten umkehren, solange wir noch können." „Niemand kehrt um, solange wir Gardril nicht gefunden, und das Übel aus diesem Land vertrieben haben." „Aber Vater, so hör mir doch zu ..." „Vandrut!" Schrie der Zwergenkönig ermahnend und kehrte sich kurz nach seinem widerspenstigen Sohn um. Da geschah es auch schon. Wie aus dem Nichts schnellte ein riesiges schwarzes Geschöpf aus der Finsternis hervor und riss den König von seinem Tiger. Fast zeitgleich sprangen ringsherum um sie Oger aus ihren Verstecken und schlugen auf die völlig überrumpelten Zwerge ein. Ein gezielter Hieb nach dem anderen traf die Krieger. Just in dem Moment, als der Prinzen einen der Oger von sich wegstieß, sah er eine riesige pechschwarze Schlange mit rubinrot leuchtenden Augen, welche zunächst seinen Vater und dann dessen Reittier verschlang. Erst als er sich um sah und einen Zwerg nach dem anderen leblos zu Boden fallen sah, erkannte er, in welcher Gefahr er sich befand. Blitzschnell zerrte er an den Zügeln seines Tigers und machte kehrt. Ohne noch einmal einen Blick über seine

Schulter zu wagen, eilte er in Richtung Nebelwald und manövrierte das Tier geschickt durch die großen Farne und vielen Bäume. Erst als er die vom Licht durchflutete Gegend Belleborgs wieder vor sich sah, verringerte er minimal das Tempo und steuerte schnurstracks auf die nächstgelegene Kleinstadt zu – Ver Boramm.

VIER

Der Ritt in die Kleinstadt zehrte an den Nerven des Prinzen, einerseits körperlich, denn es war nicht gerade eine leichte Aufgabe, bei so hoher Geschwindigkeit sich an dem Tier, auf dem er saß, zu halten. Andererseits geistig, da er selbst bei einer so kurzen Reise, die höchstens 2 Stunden in Anspruch nehmen konnte, die schrecklichen Szenen, welche sich vor Kurzem abgespielt hatten, immer und immer wieder vor seinem inneren Auge sah. Er hatte sich so hilflos gefühlt, so verletzlich. Wie damals als Kind, als ... „Genug!" Schrie er sich plötzlich selbst an, doch da spürte er schon die erste warme Träne an seiner Wange hinab rinnen. Bald darauf brach er vollends in Tränen aus. Die salzige Flüssigkeit drang in seinen Mund ein und ein bitteres Gefühl der Erkenntnis quoll in ihm hoch. Er war nun König der Zwerge Belleborgs. Sie würden seinem Rat vertrauen, all ihre Hoffnung auf ihn bauen und ihm blindlings folgen, schließlich war er nicht nur ein König. Er war Prinz Vandrut – ein Held. Seine Reisen an dem

Grenzlande zu der im Schatten liegenden Provinz erzählt man sich bis an das östlichste Ufer des Rimterel Refugiums. Egal wo er hinkam, man empfing ihn mit größtem Respekt und der gebürtigen Ehre, die ihm eigentlich keineswegs zustand. Vandrut lachte kurz auf. Er war nicht der, für den man ihn hielt, sondern ein Stümper. Erlogen und erschlichen hatte er sich den Ruhm. Nicht öfter als ein einziges Mal war er der Grenze so nah gekommen, dass er sie sehen konnte. Gewusst hatte das aber nur zwei der Elitetruppe seines Vaters, welche jetzt tot waren. Niemand außer ihm selbst war vertraut mit der Wahrheit, vermochte es, die fabelhaften Heldengeschichten rund um ihn in Schutt und Asche zu legen. Er begann zu frieren, als er daran dachte, wie man wohl reagieren würde, wenn herauskäme, dass er die ganzen Trophäen eigentlich nur zufällig in die Hände bekommen hatte. Seit Monaten ging etwas nicht mit rechten Dingen zu in den Feuerlanden. Er konnte es ganz genau beobachten von seinem Posten aus sicherer Entfernung. Woche für Woche brachte man die Leichen von Feuerlandbewohnern über die Grenze, jedes Mal ein Stückchen tiefer in die benachbarte Provinz des Lichts. Alles, was er dann noch zu tun hatte, war ihnen den Kopf abhacken und so zu tun, als hätte er gerade den Feind umgebracht, ein Unheil über die Provinzen verhindert – kurzum, sich feiern lassen. Vandrut erkannte, dass jetzt nicht der richtige Zeitpunkt für Gewissensbisse war. Während er über die Lügenmärchen, welche er selbst in die Welt gesetzt hatte, nachdachte, war sein treuer Tiergefährte unermüdlich weitergelaufen und so konnte Vandrut schon die Umrisse des kleinen Dorfes am Horizont sehen. Kopfschüttelnd versuchte er die schlechten Gedanken loszuwerden und ein ernstes königliches Gesicht aufzusetzen, noch ehe er in die Stadt einkehren würde. Es war schließlich von äußerster Wichtigkeit, dass die Bewohner des Dorfes ihm Glauben schenkten. Ver Boramm war viel zu nahe an den Nebellanden gelegen und die Ungetüme, die genau in diesem Moment dort lauerten, würden mit Sicherheit bald weiterziehen – auf direktem Wege hier her.

Hagras und seine Kameraden zogen indessen von der noch immer vollkommen überfüllten Taverne weiter. Die Flüchtlinge hielten sich Tag und Nacht dort auf, da sich die meisten Bewohner weigerten, ihnen in ihren Häusern Zuflucht zu gewähren. „Ich versteh nicht, wieso euch niemand glauben will. Warum bloß sind die alle so stur?" Meinte Hagras schließlich als sie im Regen die gepflasterte Straße entlangliefen. Der hinter ihm laufende Ulil zuckte wenig ermutigt mit den Schultern. Er dachte, dass es mit mehreren Nebellandbewohnern, die alle dasselbe zu berichten hatten, alle dasselbe erlebt hatten, für ihn vielleicht etwas leichter werden würde in Ver Boramm. Doch das tat es nicht. Er empfand es sogar als noch schlimmer, da selbst seinesgleichen, ihm verachtende Blicke zuwarf. Ihn hatte man laut den übrigen Flüchtlingen mit offenen Armen empfangen, hatte ihm ein Haus, einen Job, Essen und Kleidung spendiert und sie verstoß man. Ulil musste lautstark seufzen, weswegen ihn Barimor kurz anstarrte und nicht auf die Straße achtete. Blindlings trat er tief in eines der Schlaglöcher vor ihm und sein linkes Bein war knietief mit Wasser vollgesogen. „Wäääh. Dieser vermaledeite kack Regen. Wieso muss es denn permanent wie in Strömen schütten? Tat es ja sonst auch nie", grummelnd eilte der wieder einmal schnell erzürnte Zwerg voraus in Richtung seines Hauses, als die drei plötzlich Unruhen ein Stückchen von ihnen entfernt wahrnahmen. Ulil war sofort zusammengezuckt und flüsterte mit leicht schlotterndem Gebiss: „W-Was ist denn da los, Hagras?" Dieser jedoch gab keine Antwort. Er hatte sich zwar instinktiv vor seinen Kameraden gestellt, nagte aber innerlich an dem, was Barimor gesagt hatte. Es stimmt schon, dass es außergewöhnlich oft und vor allem stark regnete in den letzten Tagen. Er schenkte dem lediglich keine besondere Beachtung, bis jetzt zumindest. Wissbegierig sah er hinauf in den Himmel. Er konnte die einzelnen kalten Wassertropfen auf sein Gesicht aufprallen spüren. Nahm den herrlich kühlen Luftstrom wahr, der mit dem Aufkommen des anbrechenden Abends einherging. Als würden seine Sinne alles viel stärker in sich aufsaugen als sonst, konnte er schwören, dass die Wolken viel dunkler waren denn je zuvor. Von unnatürlich sattem Schwarz und einem Hauch Lila erscheinen sie ihm. Erst eine über seinen Kopf hinwegfliegende schwarze Taube konnte ihn aus diesem beinahe berauschenden Gefühl losreißen. Er rang den andern nicht auffallend nach Luft, bevor er durch Barimors Aufschreien endgültig zurück in der realen Welt wandelte. „Der Prinz! Hagras siehst du das?" Wiederholte Barimor, packte den Angesprochenen kurzerhand am Hemd und starrte ihn mit einem irren Blick an. Hagras versuchte sich, seinen Blick nicht von dem Prinzen abwendend, aus den Fängen Frostmähnes zu befreien. In dem Augenblick, als es ihm gelang, jedoch trafen sich der Blick des adeligen Zwerges mit dem seinigen und irgendetwas zog beide gleichermaßen wie durch einen Sog in eine fremde Welt. Die Zwerge verspürten eine Art Blitz durch sie hindurchfahren und der Prinz ließ sein Reittier mit einem eleganten umschwenken der Zügel wissen, dass es nun nicht mehr dem Straßenverlauf folgen sollte, sondern vielmehr auf diesen Minenarbeiter zugehen musste.

Allerdings wurde der Adelige wenige Schritte, bevor er Hagras erreicht hatte, von den Bewohnern der Stadt umringt. Alle jubelten, verneigten sich vor dem Prinzen und riefen wild durcheinander. Vandrut beachtete keinen von ihnen, seine Augen waren stets auf den Zwerg mit den struppigen dunklen Locken und dem braunen Bart gerichtet, denn eine leise Stimme in seinem Inneren verriet ihm, dass er diesen Zwerg nicht verlieren durfte. „Bürger Ver Boramms! Ich bin soeben aus den Nebellanden hier hergeeilt, um euch schreckliche Nachrichten zu überbringen!" Wie schon so oft in seinen Reden vor Bürgerlichen machte er eine dramatische Pause, bis er erneut zu sprechen begann, es war eine Taktik, die er sich von seinem Vater abgeschaut hatte. „Der König ist tot. Er wurde von einem Wesen aus längst vergessener Zeit vor meinen eigenen Augen ermordet." Rings um ihn brachen die Völker der Stadt in heftiges Getuschel aus. „Bitte bewahrt alle Ruhe! Ich muss euch noch etwas sagen, nämlich, dass dies dicht an der Grenzen zu Belleborg, nur knapp hinter dem Nebelwald geschehen ist. Um euer Willen, geht bitte alle nach Hause, packt das Nötigste ein und folgt mir so schnell es geht in die Hauptstadt, denn hier seid ihr nicht mehr sicher. Geht schon! Das ist ein Befehl eures Königs!"

Alle rannten sie kreuz und quer durch die Gassen Ver Boramms. Einzig und allein Hagras blieb wie angewurzelt auf der schon leer gefegten Straße stehen. Vandrut stieg von dem Säbelzahntiger ab und schritt langsam auf den Zwerg zu. „Wie heißt du?" „Ich heiße Hagras. Hagras Hillblade, Milord." Vandrut Onyxschulter musterte den Zwerg, der vor ihm war. Er kniff die Augen zusammen, etwas an dem Zwerg war anders, es störte ihn und beruhigte ihn zugleich. Wie genau das funktionierte, konnte er noch nicht sagen. Aber er würde es noch herausfinden. „Na schön, Hagras Hillblade, du sollst mein Gefolgsmann werden. Ich will dich neben mir an vorderster Front wissen, wenn wir von hier abziehen."

FÜNF

Die Wanderung des gesamten kleinen Städtchens würde nur schleppend vorangehen, das wusste König Vandrut und dennoch konnte er nicht einfach voraus reiten, um auf schnellstem Weg in Kenbur anzukommen. Welch König würde seine Landsleute in so schwere Stunde schon alleine lassen, gewiss kein Guter, so viel stand fest. Ihm musste schnellstmöglich etwas einfallen, sonst würde er vermutlich nur wenige Augenblicke vor dem Unheil selbst eintreffen.

Das grübelnde, Falten schlagende Gesicht des Königs gab dem neben ihm reitenden Hagras zu bedenken. Er machte einen kurzen prüfenden Blick über seine Schulter. Hagras konnte nur ahnen, worüber der frisch gebackene König seit ihrer Abreise in Ver Boramm nachdenken musste. Sogar ein einfacher Minenarbeiter wie er konnte sagen, dass das Tempo, in welchem sie vorankamen, mehr als nur zu langsam war angesichts der Tatsache, dass sie vor einer riesigen Amphibie und vermutlich einigen Dutzend anderen Kreaturen der

Schatten flohen. Onyxschulter dachte vermutlich über eine Möglichkeit nach, schnell die restlichen Adeligen zu alarmieren. Hagras wollte von Nutzen sein, der König erwies ihm schon solch große Ehre, indem er ihn höchstpersönlich an seine Seite orderte. Irgendetwas musste er doch für den König tun können. Während er neben dem König daherstapfte und diesen Gedanken verloren anstarrte, klarte der Himmel über ihnen endlich auf und der Regen vorzog sich langsam. Gerade als der erste Sonnenstrahl sich durch die dunklen Wolken gekämpft hatte und auf die verzweifelten rehbraunen Augen des Königs traf, welche sogleich zum Glänzen gebracht wurden, fiel es Hagras wie Schuppen von den Augen. „Milord!" Schrie er ohne jegliches Zögern. Vandrut, der von diesem Aufruf des Minenarbeiters unmittelbar aus seinen Gedanken gerissen wurde, musste sich schier in sein Reittier krallen, um nicht vor Schreck vom Vieh zu fallen. Mit flatternden Wimpern und aufgewühltem Blick sah er den Zwerg an. Bevor der König etwas sagen konnte, sprach Hagras auch schon weiter: „Milord ich kam nicht darum umher, ihren durchaus besorgten Blick zu bemerken. Obwohl ich nur ein bescheidener Minenarbeiter bin, weiß ich durchaus, dass sie Bedenken haben, was unsere Ankunft in Kenbur anbelangt. Deswegen möchte ich ihnen den Vorschlag erbringen, nicht auf direktem Weg dort hin zu reiten." Hagras hielt kurz inne, um dem König die Chance zu geben das Gesagte zu verarbeiten, immerhin hatte er ihn mit seinem Geschrei mehr als nur ein wenig erschreckt.

Vandrut starrte dem Zwerg, der in diesem Moment seine glorreiche Idee zu präsentieren versuchte, in seine klaren Augen. Auch wenn er nicht unhöflich sein wollte, so hörte er Hagras Hillblade nur oberflächlich zu. Mit einem Schlag durchfuhr ihn wieder dieser sonderbare Blitz, den er bereits beim ersten Zusammentreffen mit dem Minenarbeiter verspürt hatte. Doch dieses Mal löste der Blitz eine Art von Kettenreaktion in ihm aus. Er wusste, worauf der Zwerg vor ihm hinauswollte. „Aber natürlich!" Rief er. „Hillblade Ihr seid ein Genie!" Nun war es Hagras der wild zu blinzeln begann. Woher konnte der König bloß ahnen, was er vorzuschlagen gedacht hatte? „Wir werden die Bürger Ver Boramms in einer Stadt auf dem Weg unterbringen, ehe wir unsere Reise fortsetzen. Eine Rede. Ich brauche eine beeindruckende Rede, welche die Bürger davon überzeugt, dass dies die beste und vor allem einzige Möglichkeit ist, die wir gerade haben." Vandrut wand sich von Hagras ab und sah sich um. Nicht mehr lange und sie würden an einer Kleinstadt vorbeiziehen. Er begann zu nickten. „Hagras! Wir ändern unsere Route sofort. Nicht weit von hier befinden sich die Stadt Van Laduhr und sobald wir dort einkehren, will ich Sie an meiner Seite wissen. Denn Sie werden mich nach Kenbur begleiten."

Als Hagras den König vorher ansprach, dachte er keine Sekunde daran, mit ihm nach Kenbur weiterzureisen. Eigentlich wollte er dem König vorschlagen, dass er die Menschen weiter zur Hauptstadt geleiten würde, sodass der König vorreiten konnte, ohne sich Gedanken über das Wohlergehen seiner Bürger Sorgen machen zu müssen. Doch nun sah er sich gezwungen, eines der Pferde in Van Laduhr von einem Pferdehändler zu erwerben, um mit dem König später Schritt halten zu können. Als er da so neben dem König stand und dessen ergreifender Rede lauschte, suchten seine Augen in der Masse nach seinen Kameraden. Voller Erleichterung stellte er fest, dass Barimor sich bereits seinen Weg durch die ungeduldige, förmlich an den Lippen des Königs hängende Menge bahnte. Dicht gefolgt von Ulil schob er alle, die in seinem Weg waren, harsch mit den Ellenbogen zur Seite und schon bald waren sie in der ersten Reihe gestanden. Barimor sah ihn furchtsam an. Noch nie hatte Hagras seinen Freund mit solchem Ausdruck in den Augen gesehen, für gewöhnlich strotzte Barimor nur so vor Mut und Tatendrang.

Vandrut war stolz auf seine Rede. Die Flüchtlinge Ver Boramms vertrauten ihm und begriffen, dass es notwendig war, ohne sie weiterzuziehen. Sie verstanden auch, dass er dies nicht alleine tun konnte, sondern eine Gefolgschaft benötigte. Worüber sie jedoch eindeutig irritiert waren, war allem Anschein nach die Tatsache, dass er Hagras ohne Weiteres für sein Gefolge auswählte. Doch als König durfte er sich nicht den Kopf darüber zerbrechen, was das gemeine Volk dachte. Alles was zählte, war, dass er es für richtig empfand und das tat er auch! Vandrut blickte nun auf seinen neuen Gefährten. Hagras wirkte in sich gekehrt. Sein Gesicht spiegelte sowohl Angst als auch Enttäuschung wider. „Hillblade?" Der König sprach Hagras mit einer verständnisvollen Stimme an. „Ja Milord?" „Du wirkst besorgt – was geht in deinem Kopf vor?" „Ich denke nur, dass es klüger wäre, noch jemanden auf die Reise mitzunehmen, als Absicherung sozusagen." Vandrut nickte einige Male mit dem Kopf, verschränkte die Arme vor der Brust während er „Mhmmm" machte und eifrig nachdachte. Schnell sah er Hagras wieder direkt an. „An wen hast du gedacht?" Hagras war zu überrascht gewesen, um dem König zu antworten – doch da eilte ihm sein Freund Barimor, der nicht weit entfernt gestanden war, auch schon zur Hilfe. „Ich würde mich ihnen anschließen wollen, eure Hoheit." Vandrut war sichtlich aus dem Konzept gebracht worden, welch Zwerg würde sich einfach in ein Gespräch, welches der König gerade führte einmischen? Hagras öffnete seine

Augen weit und erklärte sogleich, dass es sich bei dem rothaarigen Zwerg um seinen ältesten und treuesten Freund handle. Vandrut nickte wieder. „Also schön, dein Freund soll uns begleiten. Und nun vorwärts, Männer, auf nach Kenbur!" Rief er als er elegant auf seinen Säbelzahntiger aufsprang und diesem das Signal zum Aufbruch gab. Hagras sah schnell zu seinem Freund. Hastig sprangen die beiden auf das zuvor erworbene Reittier und wollten gerade aufbrechen, als ein kleiner, am Rande eines Nervenzusammenbruchs stehender Zwerg sich lebensmüde vor das Vieh warf. Es war Ulil, den Tränen nahe, blockierte er den beiden den Weg. „Hagras! Barimor! I-Ich ... was soll ich machen?" Hagras beäugte seinen Freund, doch hatte keinerlei Antwort auf dessen Frage. Zu gerne hätte er ihn mitgenommen. Aber auf dem Pferd war kein Platz mehr und er konnte nicht einfach noch jemanden mitnehmen. Vor allem nicht ohne des Königs Zustimmung konnte er? „Hagras?" Flüsterte ihm Barimor zu. „Wir müssen los, ansonsten holen wir Onyxschulter nie wieder ein." „Ich weiß", antwortete er seinem Freund. „Ulil, ich erteile dir hiermit eine äußerst wichtige Aufgabe. Du musst die Leute von hier nach Kenbur führen, sobald sie sich etwas erholt haben, okay?" „A-aber H-Hagras ich ... wie soll ich?" „Erinnere sie einfach daran, dass du der Erste warst. Du hast uns alle gewarnt, bevor das Unheil zu nahe kam. Erinnere sie daran und sie werden dir bestimmt folgen!" Mit diesen Worten nahm er die Zügel in die Hand und die beiden ritten dem König Belleborgs hinterher.

SECHS

Als sie losgeritten waren, konnten die beiden den König bereits nicht mehr sehen. Sie kannten den Weg nicht, da niemand von ihnen je in der Hauptstadt war, doch hofften sie darauf, dass der König schon wieder vor ihnen auftauchen würde, wenn sie einfach geradeaus weiter ritten. Hagras ließ die Zügel ganz locker, vielleicht brachte das Tier sie so oder so zum König – wer weiß, es konnte gut sein, dass das Tier wusste, dass Onyxschulter ihr Kamerad war. Hin und wieder rief Hagras mit befehlendem Ton in seiner Stimme „Gor ari!" Damit das Pferd etwas schneller lief. Nachdem hinter ihnen das Dorf nicht mehr zu sehen war und vor ihnen nichts außer flachem Land mit saftig grünen Grashalmen, welche im Wind leicht raschelten, lag, glaubten sie weit vor ihnen eine Gestalt zu sehen. Je näher sie dieser kamen, desto besser konnte man sie erkennen. Es war der König, welcher stehen geblieben war und in die Ferne blickte. Hagras rief noch einmal „Gor ari!" Und nahm die Zügel nun fest in seine Hände.

Barimor umklammerte unterdessen Hagras Rumpf, um nicht den Halt zu verlieren. Hagras konnte seinen rothaarigen Freund erbost brummen hören. Frostmähne waren Reittiere nicht ganz geheuer – er ging viel lieber auf seinen eigenen zwei Beinen. Dafür waren sie seiner Meinung auch da, auf seine Beine konnte er sich verlassen. So ein Vieh jedoch wendet schnell seinen Hals dem nächstbesten Fütterer zu. Aus diesem Grund war Hagras auch recht erstaunt darüber, dass Barimor nicht der war, der im Dorf zurückblieb. Schließlich war es doch sonnenklar, dass sie für diese Aufgabe auf dem Rücken eines Reittieres sitzen würden – und das mehrere Tage lang!

Als sie den König endlich erreicht hatten, dröselte Hagras mit einer leichten Bewegung der Zügel und einem sanften „Sid ari" das Tempo des Tieres. Leise konnte er ein erleichtertes Ausatmen seines Freundes wahrnehmen. Langsam schritt ihr Tier nun neben das von Onyxschulter und der König begann auch schon zu sprechen, ohne dabei die beiden Zwerge anzusehen.

„Ihr seid nicht gerade die Schnellsten. Vermutlich liegt

es an dem Vieh, das ihr da ausgesucht habt – wie viel hat man euch für den alten Gaul aus den Taschen gezogen? Eigentlich auch egal. Seht zu, dass ihr mir nicht verloren geht, denn wir werden bis Cafhil keinen Stopp mehr einlegen." Die beiden mussten einmal schlucken. Cafhil lag mindestens noch eine halbe Tagesreise entfernt und die Sonne ging schon allmählich unter. Sie würden im Stockdunkeln reiten müssen.

Vandrut sah das Entsetzen in den Augen der beiden, es schien fast so, als seien sie noch nie nach Anbruch der Dunkelheit auf einem Pferd gesessen. Darauf durfte er jetzt jedoch keine Rücksicht nehmen, wenn sie nicht schnellstmöglich in Kenbur ankamen, würde bald ewige Finsternis über Aeden herrschen. Er schloss kurz die Augen und machte zwei schnell aufeinander folgende Klicklaute mit seinem Mund. So hatte er sich den Beginn seiner Regentschaft ganz und gar nicht vorgestellt.

Auf die Laute, welche der König von sich gab, reagierte dessen Reittier sofort und eilte voran. Hagras war von dem plötzlichen Aufbruch des Königs etwas irritiert und so standen sie einige Sekunden einfach da, bevor er dem Pferd wieder den Befehl gab, sich in Bewegung zu setzen. Die Vegetation veränderte sich schlagartig, von einer reinen Wiesenlandschaft konnte nicht mehr die Rede sein – Büsche und hohe Sträucher begannen zu wuchern, eh Wäldchen entstanden. Durch den sich bildenden Wald führte jedoch kein Weg und so mussten Hagras und Barimor absteigen und kamen abermals nur schleppend voran. Sie hofften, dass der König ohne sie seinen Weg durch das Geäst fortsetzen würde. Hagras sah seinen Freund an, welcher in einem sicheren Abstand zum Pferd hertrottete. „Irgendwann würden sie Onyxschulter bestimmte wieder einholen", dachte Hagras während er bedächtig über einige Baumwurzeln, die aus der Erde ragten, stieg. Nachdem er das Hindernis überwunden hatte, zog er behutsam an den Zügeln, welche er in Händen hielt, und achtete darauf, dass auch der Gaul nicht stolperte – immerhin würden sie das Tier als Unverletzter wieder benötigen, sobald sie aus dem Dickicht dieses Wäldchens entkommen waren. „Barimor! Pass auf die Wurzeln hier auf!" Rief Hagras sobald das Pferd darüber getreten war. Dann drehte er sich wieder nach vorne und ging so schnell es nur irgendwie möglich war mit dem Pferd weiter. Bereits kurz darauf vernahm Hagras einige Äste knacken in Kombination mit einem Schrei Barimors, welcher gefolgt wurde von einem Knall. Rasch drehte er sich um und erblickte seinen Freund am Boden liegend. Alle Vier hatte er von sich gestreckt und lag ächzend am Bauch am dreckigen Waldboden. Hagras wandte schnell sein Gesicht ab, damit Barimor das Grinsen auf diesem nicht zu sehen bekam. Als er sich wieder gefangen hatte, wollte er einem Kameraden die Hand reichen, doch dieser grummelte nur und schlug die Hilfe aus. „Nicht mal den Gaul hat es hingehauen. So ein scheiß." Sich energisch den Staub und Dreck von der Kleidung wischend stapfte Frostmähne an ihm und dem Tier vorbei. Weit kam er jedoch nicht, denn direkt vor ihm blitzen die Zähne des königlichen Säbelzahntigers aus einem Gebüsch. Barimor erschrak kurz – er hatte das Tier nicht gehört, als es sich näherte. Schnell machte er einige Schritte zurück, während das Vieh nach vorsetzte. Der König wischte elegant einen vor seinem

Gesicht hängenden Ast beiseite und Hagras sah sofort dessen besorgten und zugleich höchst aufmerksam wirkenden Gesichtsausdruck. „Hört ihr das? Da ist etwas im Wald. Es verfolgt uns, seit wir ihn betreten haben – es kommt mir so vor, als wäre es überall und kreist uns langsam ein." Barimor starrte den König verwirrt an und Hagras konnte deutlich seinen „Nachdenke-Laut" vernehmen. Er schwenkte seinen Fokus indes Richtung Wald und lauschte. Und tatsächlich! Da war etwas! Er konnte eindeutig Blätter rascheln und Äste unter einer Last brechen hören. Er kniff die Augen zusammen und konzentrierte sich ganz fest auf die Stelle, von der er vermutete, dass das Geräusch kam. In der Ferne, mit bloßem Auge kaum zu sehen war es. Hagras war wie versteinert. Wie konnte das sein? Hier im Wald konnten doch nicht – „Oger!" Schrie er aus vollem Hals und setzte sich sogleich in Bewegung. Der König machte mit seinem Reittier kehrt, schnappte sich Barimor, zog ihn, scheinbar ohne jede Mühe auf dieses und eilte Hagras nach. Auch der Gaul war in Windes Eile losgerannt und stampfte dabei jede Menge Matsch unter seinen Hufen auf.

Hagras schlug wild um sich, um die Zweige und Blätter, die Spinnweben und jegliches andere Ungeziefer, welches ihm entgegenflog, aus dem Weg zu schaffen. Hinter ihm vernahm er nur ein ohrenbetäubendes Gebrüll – es schien ihm so, als sei eine ganze Horde dieser grünen Unholde hinter ihnen her. Aus dem Augenwinkel sah er noch den weißen Tiger an sich vorbeihuschen, hinter ihm wurde das Getrampel immer lauter. „Jetzt ist es aus – das ist mein Ende!" Dachte er verzweifelt und Tränen begannen sich an seinen Augenrändern zu formen. Er konnte das Ende des Waldes sehen, bevor er dicht hinter sich ein Schnauben vernahm. Feuchter Atem blies ihm ins Genick und er schloss für eine Sekunde, das Schlimmste erwartend, die Augen.

Etwas schob sich im Lauf zwischen seine Beine. Es war der Kopf des Gauls, welcher ihn versuchte, aufzugabeln und auf seinen Rücken zu werfen. Dem Tier gelang es, den Zwerg in die Luft zu schleudern und gerade noch so konnte Hagras sich im Fall an dem Tier festklammern. Mit beiden Händen sich an dem Bauch des Viehs festhaltend, die Beine an einer Seite runter baumelnd, ritten sie aus dem Wald hinaus. Doch da ereilte Hagras der nächste Schockmoment – vor ihnen lag das kippende Gestein. Eine Schlucht, die man nur überqueren konnte, wenn man waghalsig genug war, mit seinem Reittier von einer der wackeligen Platten zur nächsten zu springen. Es schien nicht so, als würde das Tier haltmachen wollen und so versuchte Hagras verzweifelt, sich vollends auf das Tier zu schwingen. Doch in dem hohen Tempo, in dem sie auf die Klippe zu rasten, gelang es ihm einfach nicht. Mit einem lauten Wiehern teilte das Tier Hagras mit, dass es jeden Moment abspringen wollen würde. Er kniff erneut die Augen zu und betete, der Gaul und er würden es heil ans andere Ende dieser verfluchten Schlucht schaffen. Die Oger waren ihnen dicht auf den Fersen und gerade als das Pferd abgesprungen war, versuchte einer es noch an einem Hinterbein zu packen. Vergebens. Das Tier glitt ihm davon und setzte einige Meter weiter auch schon wieder zur Landung an. Der Fels unter ihnen wackelte schrecklich, als die Hufe des Pferdes sich auf ihm niederließen. Doch für etwaige Angst oder Panikattacke hatten das Tier und sein Reiter keine Zeit. Vorsichtig machte es einige Schritte zurück, wobei der Boden unter ihnen nach hinten zu kippen drohte. Geschickt schaffte es das Pferd allerdings, dies zu verhindern und war schon wieder dabei, mit Schwung überzusetzen auf die nächste Platte. Doch bereits bei der Landung war eine von Hagras Händen vom Vieh abgerutscht und gerade als dieses nun erneut den Sprung wagte, verließ auch seine zweite Hand die Kraft. Hagras war in dem Moment abgestürzt, als der Gaul sprang. Er landete unsanft auf dem Fels, welcher durch den Impuls des springenden Tiers ohnehin in den Abgrund gestürzt wäre. Der Brocken wäre Hagras einzige Chance gewesen, nicht in die Tiefe zu fallen und jetzt sausten sie beide hinab. Mit einem langen, durch die Schlucht hallenden Todesschrei fiel er ins Nichts.

SIEBEN

Während seinem Sturz in die Tiefe musste Hagras über einiges nachdenken. Schon unglaublich, was einem alles einfiel, wenn man dem Tod so nahe ist. Zum Beispiel erinnerte er sich nach Jahren wieder an das Ableben seines Vaters. Schon damals waren Oger wie durch Zauberhand erschienen. Doch man sah darüber hinweg. Was waren zwei Oger und die Leben von ein paar Dorfbewohnern schon wert? Man bewertete den Vorfall als einmalig, die Oger waren vermutlich einfach umher gestreift und hatten dabei die Nebellande durchquert, bis man sie in Ver Boramm endlich ausfindig gemacht und die Gefahr eliminiert hatte. Niemand konnte sich vorstellen, dass diese Dinger so etwas Komplexes wie die Magie verstehen würden. Sie waren schließlich nur einfältige, dümmliche Zeitgenossen, welche ohne jegliche Taktik oder auch nur einem Hauch von Plan auf alles einschlugen, dass sich bewegte. Das Einzige, was diesen Dingern hoch angerechnet werden musste, war, dass sie verdammt zäh waren – einen Oger brachte man nicht so schnell durch rohe Gewalt zu Fall. Aber wenn Magie ausgeschlossen war, wie konnte es sein, dass sie dennoch erneut und so viele auf einmal mitten in Belleborg erschienen? Und dieser Angriff. Da steckte Struktur dahinter, er war durchdacht. Verfolgen, einkreisen, attackieren. So gehen Oger nicht vor, dachte Hagras eh er am Boden der Schlucht aufprallte.

Onyxschulter und Barimor hatten es gerade heil ans andere Ende der Schlucht geschafft, da sprang Barimor auch schon von dem Säbelzahntiger ab und rief den Namen seines gestürzten Kameraden in das kalte Dunkel der Schlucht. „Hagras! Hagras!" Entmutigt sackte der sonst so rüstige Zwerg zu Boden und starrte fassungslos in die Tiefe. Er saß da und begann zu schluchzen als der König seine Schulter ergriff und wortlos einige Zeit neben ihm stehen blieb. „Ich weiß, das mag jetzt herzlos erscheinen, aber wir müssen weiter. Der Verlust deines Kameraden ist tragisch und es tut mir außerordentlich leid, dennoch braucht uns das

Land Aeden nun mehr denn je. Die Platten werden bald wieder ihren Platz einnehmen und die Oger werden uns dann folgen können. Wir sollten jeglichen Vorsprung, den wir bekommen können, nutzen und ihren Freund in Gedanken ehren – ohne ihn wären wir vermutlich nicht rechtzeitig aus diesem Stück Wald geflohen."

Frostmähne hatte es die Sprache verschlagen. Stumm nahm er die Zügel des dummen Gauls, der seinen Freund bereits auf dem Gewissen hatte und sprang auf. Auch der König setzte sich auf sein Reittier, doch bevor er losritt, blickte er noch einmal in Richtung kippendes Gestein.

Hagras erlangte langsam sein Bewusstsein wieder. Zunächst konnte er sich nicht genau zurückbesinnen, was geschehen war, geschweige denn wo er war. Jedoch konnte er den groben Sand an seinen Händen fühlen und schmeckte die trockene Luft der Schlucht beinahe. Behutsam und unter größter Anstrengung versuchte er seine schweren Augenlider zu öffnen. Er verzog qualvoll sein Gesicht, jede Faser seines Körpers malträtierte ihn, gab ihm mit brennen, bohren und stechen zu verstehen, dass er nur knapp dem Tod entronnen war. Als er so am Rücken ausgestreckt da lag und in den Himmel blickte, quälte ihn die gähnende Leere, welche dort herrschte. Kein einziger Stern war zu sehen und er fasste dies als schlechtes Omen auf. Nicht mal der Nachthimmel schenkte ihm ein Fünkchen Hoffnung in dieser so grausam geendeten Nacht. Hagras traute sich nicht, einen kräftigen Atemzug zu nehmen, zu groß waren die Schmerzen in seiner Brust. Vielmehr tastete er sich Schritt für Schritt heran. Er verlängerte Stück für Stück jeden seiner Züge, bis er schlussendlich normal zu atmen vermochte, ohne dieses sengende Stechen in seinem Brustkorb. Nun war es Zeit für Schritt zwei – Umdrehen. Er sendete von seinem Gehirn aus den Befehl, mit äußerstem Bedacht den linken Arm anzuheben, um ihn über seinen Oberkörper zu legen, die Schulter nachzuziehen und sich so auf den Bauch zu drehen. Hagras litt höllisch an den Verletzungen, welche er sich durch den Sturz zugezogen hatte. Und dennoch wusste er, dass der

Schmerz vergehen musste – wenn er sich jetzt so bewegen konnte, dürften die Verletzungen erstaunlicherweise nicht allzu katastrophal sein. Nachdem er sich erfolgreich auf seinen Bauch gedreht hatte, drückte er seinen Oberkörper vom Boden weg, um auf seinen Beinen zu sitzen. Auch dies gelang ihm. Zwar biss er sich währenddessen, um sich von den Schmerzen, die er dabei verspürte, abzulenken, so stark auf die Lippen, dass sie anfingen zu bluten, aber er saß zumindest schon einmal. Er schloss seine Augen und begann mit viel Gefühl seinen Kopf von einer zu anderen Seite zu wenden. Als er sich sicher sein konnte, dass mit seinem Nacken alles in Ordnung war, öffnete er seine Augen wieder und inspizierte seine Umgebung. Sofern er das bei der Dunkelheit, die hier unten herrschte, beurteilen konnte, lag zwar überall Geröll, aber kein lebendes Wesen war in seiner unmittelbaren Nähe. Den Kopf nach links und rechts schwenkend rätselte er, in welcher Richtung sich wohl eine geeignete Stelle für seinen Aufstieg befinden würde. Er entschied sich dafür, den linken Weg einzuschlagen und begann gemächlich seinen Weg entlang zu schreiten.

Als er da im Dunkel über die Felsen kletterte, welche ihm im Weg lagen, kam er nicht drumherum, sich verfolgt zu fühlen. Immer wieder glaubte er etwas kreuchen und fleuchen zu hören. „Gott, jetzt werd ich auch noch paranoid. Diese Oger haben mir anscheinend einen größeren Schock eingejagt, als ich angenommen hatte", sagte er flüsternd zu sich selbst. Er ließ sich von dem Felsen, den er erklommen hatte, auf der anderen Seite hinab gleiten, als er plötzlich ein Pochen in seinem Innersten vernahm. Wie eine Welle überkam es ihn fast so wie zu dem Zeitpunkt, als er den Prinzen zum ersten Mal sah – nur stärker. Es dröhnte in seinem Kopf und vernebelte ihm die Sinne. Wie hypnotisiert ging er weiter, seine Umgebung hatte er bereits komplett aus seinem Blickfeld verloren. Die Beine trugen ihn auf einmal wie vor dem Sturz, da war kein Brennen, kein Ziehen, er fühlte nichts. Es war, als würde er über den Boden schweben. Hagras erhöhte sein Geh-Tempo. Nicht etwa, weil er es wollte, sondern vielmehr, weil er nicht anders konnte. Es schien so, als würde ihm sein Körper nicht gehorchen, als würde dieser nur mehr zu dem verwunschenen Pulsieren wandern wollen. Dessen ungeachtet, welch Gefahren schon hinter dem nächsten Gesteinsbrocken lauern könnten. Der Impuls nahm an Intensität zu und Hagras konnte förmlich sehen, woher er kam. Da war ein recht kleiner Felsbrocken mitten im Weg, umgeben von größeren. Ohne nachzudenken, griff er nach dem Brocken und hob ihn an, darunter war nichts außer Schutt und Kies. Wie ein wild gewordener Fuchs, der versucht, ein Kaninchen aus seinem Bau heraus zu buddeln, fing er mit den Händen an im Dreck zu wühlen. Bereits wenig später stießen seine Fingerspitzen auf etwas Großes, Hartes. Eifrig grub er weiter, bis er den Gegenstand sah. Es war eine lange, modrige Holzkiste. Sie musste schon ewig dort vergaben sein, dachte Hagras. Er zog die Kiste aus dem Loch und legte sie vor sich, ganz deutlich konnte er nun die Kraft spüren, welche davon ausging. Voller Neugier fasste er mit der rechten Hand nach dem Deckel. Da die Kiste ohnehin schon beinahe auseinanderfiel, war es ein

Leichtes, sie zu öffnen. In der Sekunde, in welcher der Deckel ab war, erstrahlte dessen Inneres in dem schönsten und wärmsten Licht, welches Hagras je zu Gesicht bekommen hatte. Als das wohlige Licht verschwunden war, kam ein Schwert zum Vorschein. Es war groß, aber nicht zu groß, um von Zwergen Hand geführt werden zu können. Der Schaft war mit Gold verziert, welches sich geschmeidig bis in die Spitze des Schwertes zog. Knapp über dem Schaft befand sich ein klaffendes Loch, es war nicht etwa beschädigt, vielmehr wirkte es so, als wäre es unvollständig. Als müsste man noch etwas in dieses Loch geben, um es wieder ganz zu machen. Hagras fasste wie von selbst nach dem Griff des Schwertes, hob es an und stand auf. In seinem Körper prickelte es ruckartig und jedes seiner anfänglichen Wehwehchen war wie weggeblasen. Hagras schnappte nach Luft, ungläubig dessen, was auch immer gerade mit ihm geschehen war. „Magie", flüsterte er, als er hinter sich ein fast nicht hörbares Fauchen vernahm. Prompt drehte er sich um und blickte auf einen der Felsen vor ihm. Das Herz rutschte ihm beinahe in die

Hose, als er sah, was da vor ihm saß. Es war ein riesiger Schluchtskorpion und er hatte Hagras als seine nächste Mahlzeit im Visier. Der Zwerg wusste nicht, was er tun sollte. Er stand einfach da und ergriff beinahe intuitiv mit beiden Händen den Griff des Schwertes. Von da an lief alles wie von selbst ab, es kam ihm so vor, als würde ihm die Waffe zuflüstern, was er zu tun hatte. Gekonnt wich er jedem Scheren-Zwicker, jedem Hieb mit dem Giftstachel aus und tänzelte mit solch einer Leichtigkeit um das Tier herum, wie nur selten ein Zwerg es vermochte. Dieser Todestanz ging einige Zeit lang so fort, bis Hagras plötzlich die Worte „Nahnir aol. Nahnir aol" vernahm. „Schwing mich?" Dachte der Zwerg und blickte rasch auf die Klinge. Ein sanftes Strahlen ging von ihr aus. Er löste seine rechte Hand von dem Griff und schwang das Schwert mit aller Kraft seitlich an dem Skorpion entlang. Wie aus dem Nichts schnellte ein weißer Lichtstrahl aus der Waffe und schlitze dem Tier an seiner linken Flanke tief ins Fleisch hinein, sodass es leblos zu Boden fiel. Hagras war wie angewurzelt da gestanden und sah immer wieder zwischen Klinge und dem Kadaver hin und her. „Was war das? Hab ich das gemacht? Wie hab ich das gemacht?" Tausend Fragen rasten durch des Zwerges Kopf, für dessen Beantwortung er jedoch noch warten musste, denn neben ihm regte sich erneut etwas. Unzählige kleinere Skorpione krabbelten das Geröll entlang, auf welchem zuvor der Schluchtskorpion erschienen war. „Fen", hörte Hagras es in seinem Kopf erklingen und so rannte er los. Von den Skorpionen fliehend rannte er immer schneller und schneller die Schlucht entlang bis er in naher Ferne eine Stelle sah, an der es ihm vielleicht gelingen würde hochzuklettern. Die Wand der Schlucht war an dieser Stelle von herausragenden Felsen gekennzeichnet. Der, der dem Boden am nähesten war, war vermutlich gerade so hoch, dass er ihn noch erreichen könnte. Hagras wagte es nicht, sich umzudrehen. Sein Ziel immer vor Augen, rannte er um sein Leben. Kurz vor dem Felsabsprung riet ihm die Stimme dazu, sobald er auf dem Fels stand, einige Male die Klinge zu schwingen und auf alles einzustechen, was sich unter ihm bewegte. Hagras hatte den Fels erreicht und sprang, in der linken Hand hielt er das Schwert, mit der Rechten klammerte er sich am Vorsprung fest. Er tauchte mit den Beinen fest nach, um genügend Schwung zu erhalten, damit er seinen gesamten Körper auf den Vorsprung hieven konnte. Oben angelangt schwang er abermals kräftig die Klinge und es gelang ihm tatsächlich, einige der Biester zu töten. Doch die Dinger waren hartnäckig und ließen nicht nach. Welle nach Welle an Ungeziefer musste er zweiteilen, um endlich seinen Frieden zu haben und erschöpft am Felsen nieder sacken zu können.

Hagras atmete tief ein und aus, ließ sich gegen die Felswand fallen und richtete seinen Blick nach oben – er hatte einen langen, mühsamen Kletterweg vor sich.

ACHT

Ulil war aus allen Wolken gefallen, als seine Kameraden ihn so mir nichts, dir nichts, zurückgelassen hatten. Er hatte versucht, den ersten Moment des Schocks in seinem Gesicht zu verbergen und gute Miene zum bösen Spiel zu machen. Doch er war ratlos. Einerseits wollte er den Dorfbewohnern unbedingt helfen, andererseits, hatte er keine Ahnung, wie er sie dazu bringen sollte, sich von ihm, einem Außenseiter, helfen zu lassen. Verzweiflung stieg in dem so sanftmütigen Zwerg auf und er war den Tränen nahe, als er plötzlich eine kleine Hand, die seine ergreifen spürte. Etwas verblüfft sah er an seinem rechten Arm hinab. Dort stand ein kleines Mädchen und lächelte ihn an. „Du musst nicht traurig sein! Deine Freunde siehst du sicher bald wieder!" Sprach sie mit solch einer Bestimmtheit und Naivität angesichts der Lage, in welcher sie sich befanden, dass Ulil, ergriffen von der Freundlichkeit des Mädchens, neuen Mut fasste. Er nickte einige Male und sprach mit beruhigender Stimme: „Du hast vollkommen recht. Du hast vollkommen recht." Er erinnerte sich an die letzten Worte, welche Hagras gesprochen hatte und stellte sich selbstbewusst wie noch nie vor das versammelte Dorf.

Niemand hatte ihn an diesem Tag ausgelacht, dachte er, als er mit dem gesamten Dorf im Schlepptau sich auf dem Weg nach Kenbur befand. Alle vertrauten ihm blindlings, nachdem er ihnen gesagt hatte, dass er es war, der alles herbeikommen gesehen hatte. Sie betrachten ihn wohl als eine Art Hellseher. „Hagras hatte recht. ER wusste es", murmelte er und drückte dabei die Hand des kleinen Mädchens, welche ihm seit Anbeginn der Reise nicht mehr von der Seite gewichen war. Es war ein komisches Mädchen, die Kleine. Immerzu war sie ruhig, spielte oder redete nie mit den anderen Kindern in ihrem Alter. Sie war viel lieber bei Ulil, neben ihm fühlte sie sich wohl. Das hatte sie ihm nicht sagen brauchen, denn er wusste es. Er mochte die Kleine. Sie erinnerte ihn an sich selbst, als er noch ein Kind war. Im Köpfchen immer schon mehr mit den Problemen der Großen konfrontiert und doch irgendwie tief drinnen noch ein weicher Kern, welcher sich trotz all dem Grauen nie und nimmer erschüttern ließ. So sehr ihm das Mädchen auch ähnelte, hatte sie doch etwas an sich, das ihm fremd war – sie war selbstbewusst. „Wahrscheinlich schätze ich ihre Nähe deswegen so", dachte Ulil, „neben ihr fühlt es sich an, als könne mir niemand etwas anhaben, als sei ich zum ersten Mal wirklich ich selbst. Ohne die ständig Angst, ohne Selbstzweifel." Da ihrer kleinen Truppe viele Kinder und Ältere beiwohnten, mussten sie immer wieder kurze Stopps einlegen. Ulil hatte damit kein Problem, er nutzte die Zeit meist, um nachzudenken. Nach Kenbur war es in diesem Tempo ein recht langer Marsch, der durch einige Umwege sicherlich noch verlängert werden würde. Zuallererst müssten sie dem kippenden Gestein ausweichen. Denn es war Ulil durchaus bewusst, dass er dieses Hindernis mit so einer Truppe nicht einfach überqueren hätte können. Er steuerte also den längeren Pfad an, der der um die Schlucht herum führte. Der Plan war an der anderen Seite angelangt, bis zur Mitte der Schlucht, an dem das kippende Gestein sich befand, entlangzugehen und von dort aus dann in

Richtung Cafhil zu gehen. Er musste einige Male erklären, warum es klüger war, die Mitte der Schlucht aufzusuchen und erst von dort aus die eigentliche Reise fortzusetzen. „Wenn ich es euch doch sage, von der Mitte aus verläuft man sich nicht so einfach. Viele Händler machen es genau so. Anders ist es einfach zu unübersichtlich, das Terrain sieht komplett gleich aus und man würde nach kürzester Zeit einfach nur mehr im Kreis laufen." Jedes Mal, wenn er zu den anderen sprach, war das Mädchen neben ihm, und auch Hagras war in seinen Gedanken da, gab ihm Kraft und Halt, nicht einfach den Forderungen der andern nachzugeben. Er stellte sich oft Hagras vor, wie dieser neben all den Königen der Region stand und zu ihnen sprach. Und es half, denn nach tausendfachem Wiederholen seines Vorhabens gab es keinerlei Widerrede mehr von irgendjemandem. Ulil war stolz auf sich. Er fand, dass er den Auftrag, den ihm Hagras anvertraut hatte, vorzüglich bewältigte. Er war dabei, sich in einen richtigen Anführer zu verwandeln. Bei ihrer letzten Rast vor Cafhil, sie hatten gerade die Mitte der Schlucht auf der anderen Seite des kippenden Gesteins erreicht, musste Ulil an seine Freunde denken und wie weit sie doch wohl vor ihm lagen. Trübsal breitete sich über seinem Gesicht aus, als er plötzlich eine ihm wohltuende Stimme hinter sich vernahm. „Weißt du, Ulil, sie mögen dich. Alle. Und auch wenn sie es nicht zeigen, sind sie dir sehr dankbar, dass du uns sicher nach Kenbur bringst." Es war die Kleine. Wie immer wusste sie, wann Ulil ein paar nette Worte gebrauchen konnte, um wieder daran erinnert zu werden, dass das was er tat wichtig und richtig war. Wenn er nicht hier wäre, wer sonst würde diese Leute führen? Er drehte sich langsam um und grinste die Kleine mit einem von tiefsten Herzen Ehrlichkeit ausstrahlendem Lächeln an. „Danke", sagte er ihr und winkte sie dabei zu sich. Als die beiden so am Boden saßen und stillschweigend in Richtung der Schlucht sahen, glaubte Ulil in dieser plötzlich Geröll fallen zu hören. Instinktiv stand er auf und schob die Kleine schützend hinter sich, genau in jenem Moment ergriff eine Hand den Rand der Schlucht. Ulil sah hinab und traute seinen Augen kaum. Durch das Licht der ersten Sonnenstrahlen beleuchtet, kletterte Hagras die Felswand hoch.

Schnell nahm er die Hand des Kameraden und zog ihn mit aller Kraft hoch. Hagras war sichtlich erschöpft, er hatte nicht einmal wirklich bemerkt, dass ihm jemand hoch geholfen hatte. „Wasser!" Schrie Ulil. „Ich brauche Wasser!" Sein Tonfall klang wie der Barimors, wenn dieser sein erstes Bier des Abends bestellte – herrisch und nervös. Sofort eilte jemand herbei und gab ihm einen Trinkbeutel. Ulil griff danach und drückte ihn vorsichtig an Hagras völlig ausgetrocknete Lippen. Nach dem ersten Schluck packte Hagras Hand den Beutel und er trank gierig. Die Flüssigkeit tat seinem ausgetrockneten Hals gut und nach kürzester Zeit hatte er den Beutel ausgetrunken. Er legte die Hand, welche das Gefäß noch immer umklammerte, auf Ulils Schulter. „Danke, mein Freund", sprach er, bevor er kräftig einatmete. Nur Sekunden später blinzelte er jedoch verdutzt. „Wie kommt es, dass ihr hier seid?" Ulil musste auf die Frage des Kameraden etwas schmunzeln.

„Dasselbe könnte ich dich fragen, Hagras. Wo ist Barimor? Und der König? Geht es ihnen gut?" Hagras nickte, ehe er seinem Freund erzählte, was passiert war. Ulil fuhr sich etwas ratlos durch Haar, nachdem er von dem Schwert und dem Vorfall in der Schlucht gehört hatte. „Okay", sagte Ulil, „eins steht fest, du musst so schnell es geht wieder zu Vandrut. Vielleicht weiß er ja, was es mit dem Schwert auf sich hat." Er drehte sich zu seiner kleinen Gefolgschaft: „Wir ziehen weiter! Wenn wir uns beeilen, sind wir noch vor Mittag in Cafhil. Dort könnt ihr euch dann ausruhen und wir ziehen erst am nächsten Morgen nach Kenbur!"

Mit der Aussicht auf eine Nacht in einem warmen Bett zog jeder, ob jung oder alt, viel eifriger vorwärts als zuvor. Die beiden Kameraden gingen an der Spitze der Truppe und rätselten darüber, wie Barimor ganz allein mit dem König wohl gerade zurechtkam. Sie mussten bei dem Gedanken beide herzhaft auflachen, auch wenn Hagras ein ungutes Gefühl hatte. Es kam ihm so vor, als würden sie beobachtet werden. Dieses Gefühl hatte er auch in der Schlucht schon gehabt, auch wenn er es da noch auf die Skorpione schob. Hagras Griff um den Schaft des Schwertes wurde unbewusst fester und sein Puls beschleunigte sich. Immerzu zog er angespannt tief Luft durch seine Nase ein und kreiste mit den Schultern. Ulil bemerkte davon nichts, viel zu groß war seine Freude darüber, seinen Kameraden wiederzusehen. In Cafhil angekommen fanden sie rasch einige Unterkünfte, in denen man ihnen für eine Nacht gestattete zu bleiben. Nachdem sie etwas gegessen hatten, legten sie sich recht zügig zu Bett, um am nächsten Morgen noch vor Sonnenaufgang weiterziehen zu können. Hagras schlief prompt ein. Vermutlich war sein Körper, auch wenn es sich nicht so anfühlen mochte, noch immer lädiert von den Geschehnissen. Sein zu anfangs ruhiger Schlaf wurde jedoch abrupt beendet, als ihn ein Albtraum heimsuchte. Zunächst waren die Bilder, welche er sah, nur verschwommen. Er erkannte nichts und dennoch vermittelte ihm diese Finsternis ein Gefühl der Beklommenheit. Allmählich wurden die Umrisse deutlicher, die Bilder klarer. Er sah etwas, dass anfangs aussah wie eine Kugel, sich im Laufe der Zeit aber immer mehr zu einem pechschwarzen Edelstein verfestigte. Kurz darauf war wieder alles dunkel. Die Dunkelheit schien ihn zu umgeben, ihn festzuhalten und zu erdrücken. Er versuchte seine Augen zu öffnen, doch es gelang ihm nicht. Inmitten all dieser Dunkelheit klang ein schauderhaftes Lachen, es verspottete ihn, verhöhnte ihn gar. Als es erlosch, schnellte eine riesige Schlange in sein Blickfeld. Mit weit aufgerissenem Maul schnappte sie nach ihm und drohte ihn zu verschlingen. Da gehorchte ihm sein Körper plötzlich wieder und er öffnete seine Augen. Schweißgebadet saß er kerzengerade im Bett und für den Hauch eines Momentes glaubte er das Lachen nach wie vor hören zu können. Hagras stand auf und wusch sich, bevor er sein Schwert nahm und hinausging. Die Sonne war bislang nicht über den Horizont getreten. Er stand einfach nur vor dem Haus und starrte, noch immer leichenblass, in die Ferne. Einige Minuten waren bereits verstrichen, als ihm auffiel, dass der Griff des Schwertes heiß wurde. Er glühte regelrecht. Und da war die Stimme in seinem Kopf auch schon wieder. „Fen."

Und Hagras lief. Zunächst in all die Unterkünfte, um die Leute aufzuwecken, mit denen er hier angekommen war. Dann wollte er geradewegs zu Ulil, doch dieser war durch den ganzen Lärm und die aufkommende Hysterie, die in Cafhil nun langsam herrschte, bereits aufgeweckt worden. Ulil stellte kein Fragen, er packte das Mädchen und sie alle rannten aus der Stadt.

Was sie nicht ahnen konnten, war, dass Barimor und Vandrut nur knapp vor ihrem Erscheinen in Cafhil abgereist waren und sich nicht allzu weit vor ihnen befanden. Der Grund dafür war, dass Barimor in seiner Verzweiflung zu tief ins Glas gesehen hatte und anstatt ihn zurückzulassen hatte Vandrut ihn mitschleppen wollen.

Hagras und Ulil waren das Schlusslicht ihrer kleinen Truppe, jetzt, wo sie wussten, dass der Feind ihnen im Nacken saß, schien ihnen dies bei weitem passender. Nur so konnten sie sichergehen, dass niemand zurückgelassen wurde. Alle rannten so schnell ihre

Beine sie nur irgendwie möglich tragen konnten. Dreck, den sie mit ihren Füßen aus dem feuchten Boden scharten, flog ihnen um die Ohren. Einige Male rutschte jemand aus, doch immer wurde ihm von jemandem aufgeholfen, man ließ niemanden zurück, vor allem nicht, wo Kenbur schon zum Greifen nahe war. Hinter sich hörte Hagras Schreie und als er sich nicht mehr davon abhalten konnte, blieb er stehen und blickte zurück. Cafhil stand in Flammen. Die Schreie und das Wehklagen stammten vermutlich von all jenen, die nicht rechtzeitig geflohen waren und jetzt vom Feind abgeschlachtet wurden. „Hagras!" Schrie Ulil ihm ins Ohr, als er seinen Arm nahm und daran zog. Sofort war er aus seiner Trance des Entsetzens zurückgekehrt und lief weiter. Er wusste, dass ihr einziges Hindernis, welches jetzt zwischen ihnen und Kenbur lag, eine Höhle war, welche sich an der obersten Spitze des Berges befand. Sie war der einzige Weg, den man von hier aus gehen konnte, um in die Hauptstadt zu gelangen. Einst, als das Böse noch herrschte, war sie voller Spinnentiere, welche jeden, der es wagte, sich der

Höhle zu nähern, töteten und verspeisten. Heute war das nach Hagras Information nicht mehr der Fall. Als man das Böse vertrieben hatte, verschwanden auch diese Bestien aus Belleborg. Mühselig rackerten sie sich den Berg hinauf und je näher sie der Höhle kamen, desto mehr wuchs Hagras innere Spannung. „Rad ara", drang es durch Hagras Kopf, doch als sein Gehirn dies endlich vernahm und darauf reagieren konnte, war es bereits zu spät. Hinter ihnen, nur knapp vor der Höhle, schnellte etwas in die Luft. Es war riesig, der schuppige, glatte Körper war tiefschwarz und als es seinen Kopf Hagras zuwandte, sah er sie. Die blutroten Augen, von denen Ulil damals gesprochen hatte. Hektisch wie Hühner, in dessen Stall gerade ein Fuchs hereingeschlichen war, drängten nun alle in Richtung Höhleneingang.

Ein tiefes, markerschütterndes Fauchen war zu hören, als Hagras gerade in die Höhle stolperte, sich umdrehte und Ulil dabei sah, wie er das Mädchen, welches vor Schock starr dastand und das Ungetüm ansah, am Arm packte und es nach sich zog. Die Schlange züngelte, ehe sie ihren massiven Oberkörper zu Boden fallen ließ. Die

Erde zitterte unter dem Aufprall so sehr, dass es den heroischen Zwerg mit der Kleinen kurz einige Zentimeter emporhob. „Ulil!" Schrie Hagras. Dieser sah ihm direkt in die Augen und Hagras Innerstes zog sich bei dessen Gesichtsausdruck zusammen. „Nein", flüsterte er. Doch es war zu spät. Ulil schleuderte das Mädchen mit letzter Kraft auf Hagras bevor ihn das Monster mit weit aufgerissenem Maul auch schon verschlang.

NEUN

Hagras saß wie angewurzelt im Eingang der Höhle und regte sich keinen Millimeter. Noch immer starrte er fassungslos dem züngelnden Biest in dessen rote Augen. Es war zu groß, um ihnen in die Höhle zu folgen, weswegen es nun angespannt und voller Wut vor dieser Auf und Ab schlängelte, bevor es stehen blieb und mit einem bedrohlichen Auge alle, die sich in ihr befanden, begutachtete. Die Kleine, für die Ulil sein Leben gab, lag noch immer in Hagras Armen. Sie wurde zunehmend nervöser, wand und kämpfte sich schließlich ihren Weg aus der ihr auf erzwungenen Umarmung, bevor sie hysterisch schreiend und weinend tiefer in die Finsternis der Höhle rannte. Hagras bekam von all dem nicht mit, seine Gedanken überschlugen sich und verlangten buchstäblich seine gesamte Aufmerksamkeit für sich alleine. Unzählige Fragen hallten gleichzeitig durch sein Innerstes. War er schuld? Er hatte Ulil nicht mitgenommen, ihn auf diese Reise geschickt. Jetzt war er tot. Von der Schlange gefressen. Die Schlange!

Langsam stand er auf, bemühte sich, sich auf seinen vor Schock schlotternden Beinen zu halten und trat an den Rand des Höhleneingangs. Die Schlange war weg. „Sie war genauso schnell verschwunden, wie sie erschienen war, fast, so als wäre sie ..." Ohne seinen nur gemurmelten Satz zu vollenden, riss er die Augen auf. Wut köchelte langsam ihn ihm hoch. Seine Atmung wurde schneller und er schnaubte, als er plötzlich einen Schrei hörte. Er kam von dem Mädchen. Hagras begann sofort, sich einen Weg durch die nur schleppend vorankommende Masse zu bahnen. Sie waren am Ende ihrer Kräfte und jeglicher Hoffnung beraubt, was Hagras verstand. Was er nicht verstehen konnte, war allerdings, wieso es keinen kümmerte, dass jemand der ihrigen um Hilfe schrie. Grob schob er die weg, die ihm im Weg standen, schrie die an, die ihm noch im Weg stehen würden und brach endlich an der Spitze des Kauderwelsch durch, als die Schreie verstummten. Es war nur spärlich beleuchtet, da offenbar viele der Fackeln, welche den Weg erhellen sollten, ausgegangen waren, um dennoch seine Sicht zu garantieren, nahm er eine der Verbleibenden aus dem Sockel und stapfte weiter den Pfad entlang. Die Feuchtigkeit sog sich langsam durch seine Schuhe und immer wieder wurde er von einem von der Decke herabfallenden Wassertropfen erwischt. Er war der müden Meute bereits einige Meter voraus, als er zu seiner rechten etwas hörte. Beinahe hatte er sich eingeredet, dass er es sich eingebildet haben musste, als sein Schwert ihm die Bestätigung gab, welche er gebraucht hatte. Der Schaft glühte wieder und die Klinge fing an zu erstrahlen. Gerade als er sein Schwert vor sein Gesicht hob und es verwundert ansehen wollte, sah er, wie sich vor ihm etwas von der Decke abseilte. Eine elegante Halbdrehung später stand es direkt vor ihm. Fett, pechschwarz und von unzähligen feinen Härchen übersät, ragte es vor ihm hoch und sah ihn aus seinen acht Augen an. Die acht Beinchen seines gegenüber fingen an, sich zu bewegen. Langsam, als wolle es ihn nicht dazu animieren davonzulaufen, hob es zwei der langen Glieder in die Höhe und stand nun quasi bereit zum Angriff und einige Köpfe größer als er selbst zwischen ihm und seinem weiteren Weg.

Auch Hagras schlang indessen behutsam, um den Gegner nicht unnötigen zu reizen, seine zweite Hand um das Schwert. Er hatte keine Zeit darüber nachzudenken, woher das Ungetüm gekommen war und dass es eigentlich ja nicht hätte hier sein sollen, denn es startete bereit seinen ersten Angriff gegen ihn. Wie auch schon bei dem Kampf gegen den Schluchtskorpion leitete ihn das Schwert. Doch diesmal fühlte es sich weniger an wie ein Fremdkörper, der zu ihm sprach, sondern es war eher zu einem Gefühl des Seins, der vollkommenen Konzentration und der, wenn auch nur bildlichen Verschmelzung zwischen ihm und der Klinge geworden. Noch kurze Zeit zuvor hatte er bei dem Kampf Anweisungen gehört, die jetzt wie überflüssig erschienen. Er kannte die Bewegungen, seine Sinne waren geschärft und er nahm alles viel besser wahr. Die Wärme und das Licht, welche von dem Schwert ausgingen, umhüllten ihn und sein Körper fühlte sich leicht an, nicht wie der eines kräftigen Minenzwerges.

Trotz seiner Kriegsmeister-gleichen Kampfkünste war die Spinne ein hartnäckiger Gegner und die Enge, welche in der Höhle herrschte, machte ihm sehr zu schaffen. Jedes Mal, wenn er Versuch hatte, sich dem verwundbaren Hinterteil des Getiers zu nähern, zwang sie ihn mit einem Hieb eines ihrer vielen Beine weiter zurück. Aus seinem Augenwinkel sah er eine weitere dieser Abscheulichkeiten die Wand hinab klettern und fuhr herum. Panisch erkannte er, dass sie überall waren. Sie mussten aufgetaucht sein, als er sich auf die Große vor ihm konzentriert hatte. Er war eingekesselt, hatte keine Möglichkeit zu entkommen. Die haarige Monstrosität, welche ihm zuerst über den Weg gelaufen war, fauchte Hagras gerade ins Gesicht, als er den feuerroten Fleck auf ihrem Hinterleib entdeckte. Etwas an ihm war sonderbar. Er strahlte eine gewisse Energie aus. Machtvoll, unheimlich und düster. Seine Alarmglocken klingelten lichterloh, als ihm die zündende Idee kam. Er machte so viele Schritte nach hinten, wie ihm nur irgend möglich war, ohne einer der anderen Spinnen direkt in die Fänge zu geraten. Dann nahm er all seinen Mut zusammen und rannte dem hässlichen Haarballen entgegen. Kurz bevor er mit ihr kollidierte, ließ er sich zu Boden fallen, nutzte die Feuchtigkeit und Nässe dessen aus und glitt unter der Riesenspinne hinfort. Nachdem er unter dem Hinterleib hindurchgerutscht war, rammte er sein Schwert in den Boden und benutzte es so dazu, sich umdrehen zu können. Mit dem restlichen Schwung, den er aus seiner Rutschpartie noch mitnehmen konnte, schwang er sich auf das Tier und stach ihm exakt in die Stelle des Leibes, an welcher der rote Fleck lag. Plötzlich erklang ein fürchterlicher, markerschütternder Schrei, der den ganzen Berg zum Beben brachte. Es war ein hoher Ton, der in Hagras Ohren schmerzte und nicht von dem Monster allein kam, sondern von all den Spinnen um ihn herum. Sie sangen im Chor, als würden sie alle den Schmerz der Dicken spüren. Hagras rammte die Klinge noch tiefer in den Körper des Tieres, bis dieses zusammensackte und aufhörte zu schreien. Er atmet einige Male tief ein und sah, dass die übrigen Viecher alle scheinbar angsterfüllt wegkrabbelten. „Mit euch bin ich noch nicht fertig", flüsterte er, schnappte sich die Fackel, die er zu Beginn des Todestanzes fallen gelassen hatte und stürzte den etwas kleineren Kopien der toten Spinne nach. Es waren um die ein Dutzend der Bestien, schätzte Hagras, als er sie in einen nicht beleuchteten Seitengang verfolgte, welcher in ein kammerartiges Abteil der Höhle führte. Von den Spinnen war keine Spur mehr zu sehen und Hagras richtete seinen Blick instinktiv nach oben. Was er dort zu sehen bekam, brachte ihn dermaßen aus der Fassung, dass er einige Schritte zurücktrat, um das Ausmaß dessen zu begreifen, was hier wohl vorgegangen war. Von der Decke baumelten unzählige schleimige, von feinen Spinnweben benetzte Leichen. Sein Herz machte beinahe einen Aussetzer, als sich einer der hängenden Särge überraschend anfing zu bewegen. Es dauerte einige Sekunden, bis er realisierte, dass das bedeutete, dass die Person darin noch lebte. Hagras vergewisserte sich noch einmal, dass er die Spinnen nicht einfach nur übersehen hatte und sah prüfend nach links, rechts und dann die Decke entlang. Als er wieder keine Anzeichen für das höllische Ungeziefer fand, eilte er zu dem Kokon und löste ihn mit Bedacht von der Decke, schließlich wollte er der Person darin keinen Schaden zufügen. Als der Kokon zu Boden plumpste, hörte man deutlich ein tiefes Grummeln und Fluchen. Die Person trat und schlug wild um sich, bis das seidene Gefängnis endlich einriss. Zum Vorschein kam ein von Schleim überzogener, rothaariger Zwerg. „Barimor", dachte Hagras erleichtert bei dem Anblick seines Freundes. Als sich dieser die Schleimpfropfen vor den Augen weggewischt hatte und Hagras vor sich stehen sah, wurde er leichenblass und kippte um. Hagras sah nach dem Wohlbefinden des Zwerges und versuchte ihn aus seiner Ohnmacht zurückzuholen, doch zunächst ohne Erfolg. „Wenn Barimor hier ist, vielleicht ist dann auch der König in einem dieser Säcke verstaut", sagte Hagras und fing auch schon an, die übrigen Kokons herunter zu schneiden. Im Ersten war nichts außer einer vertrockneten Leiche, dessen knöcherner Körper am

Boden zerschellte. Auch Sack zwei, drei und vier verbargen nur die Toten in sich. Der Fünfte jedoch schien frischer zu sein und so machte sich Hagras Hoffnungen. Der schwere Kokon stürzte zu Boden und wurde wenig später von scharfen Klauen aufgerissen. Ein bedrohliches Brüllen erhalte durch die Essenskammer der Spinnen und ein aggressiver weißer Säbelzahntiger sah sich ängstlich um, bis er Hagras sah. Sofort beruhigte sich das Tier, da es wusste, dass von dem Zwerg keine Gefahr drohte. Es hielt Ausschau nach seinem Besitzer, und als es jenen nicht fand, fing es an, die übrig gebliebenen Särge zu beschnuppern. Bei dem Dritten blieb es darunter sitzen. Hagras nickte dem Tier zu und machte sich auch schon an seinen Teil der Arbeit. Vorsichtig schnitt er das obere Ende, welches den Kokon an der Decke befestigte, an und ließ die Schwerkraft den Rest erledigen. Er riss an dem dünnen und dennoch robusten Gewebe an, um den König zu befreien, welcher reglos in dem weißen Stoff lag. Hagras kontrollierte die Atmung Vandruts, die regelmäßig war. Einige Momente später machte er auch schon die Augen auf und setzte sich hustend auf. Gerade als Hagras den König nach seinem Wohlbefinden fragen wollte, sah dieser ihn auch schon fassungslos an. Ihre Blicke trafen sich und für einen Hauch eines Momentes glaubte Hagras ein Lächeln am Gesicht des Königs entdecken zu können. Er setzte grade an, etwas zu sagen, als ein Geräusch hinter ihnen sie aufschrecken ließ. Zu ihrer Erleichterung war es nur der vor Wut schäumende Barimor, welcher von dem Reittier des Königs abgeleckt worden war und deswegen seine Ohnmacht beschlossen hatte zu beenden, wie er es in späteren Erzählungen formulieren wird. „Dieses Mistvieh von einer entstellten Katze hat mich abgeschleckt! Mit derselben Zunge, mit der es sich den Arsch putzt!" Mit hochrotem Kopf sah Barimor Hagras an und richtete die folgenden Worte direkt an ihn: „Und du? Du solltest tot sein! Deinetwegen hatte ich einen Herzinfarkt!" Hagras musste bei Frostmähnes Anblick lachen, wie sehr hatte er genau das doch vermisst, vor allem in der Schlucht, oder als Ulil … Kälte zog in seinem Blick ein und der Tod Ulils hing wie eine große graue Wolke über seinem

Gedächtnis. Er ballte seine Hände zu Fäusten und bevor er ganz in seiner Welt des Zorns und Selbstmitleid versank, gelangte es einer vertrauten Stimme zu ihm durchzudringen. Der König sprach zu ihm. „Barimor hat recht, Hagras. Du bist die Schlucht hinabgestürzt. Wie konntest du das überleben?" Er wusste es nicht. Auch die Geschehnisse später in der Schlucht waren für ihn ein Rätsel. Als er den König nur mit einem Schulterzucken versuchte abzuwürgen, sah jener das Schwert und erstarrte. Wie versteinert stand er mit geöffnetem Mund da und konnte den Blick von der noch immer leuchtenden Klinge nicht abwenden. „Woher hast du das Hagras?" Brachte er nach einigen Versuchen endlich hervor. Hagras sah verwirrt seine Hand hinab und auf das Schwert. „Aus der Schlucht. Wollt ihr es denn Milord?" Er hielt Vandrut das Schwert hin, allerdings wich dieser zurück und schüttelte wild den Kopf. „Nein! Es gehört euch! Ich kann nicht", er schwieg, nachdem er diese paar Worte förmlich herausgeschrien hatte. Perplex über die starke Reaktion des Königs zog Hagras das Schwert wieder zu sich und beäugte es skeptisch. „Ich erkläre es euch später, wenn wir in Kenbur sind." Fügte Vandrut noch der Konversation bei, dann drehte er sich um und schritt aus der Kammer. Hagras und Barimor eilten ihm hinterher und hörten Vandrut scheinbar in seinen Gedanken verloren mit sich selbst sprechen. „Wie kann es sein? Die unendlichen Flammen erloschen, Spinnen in den Höhlen und die Klinge. Die Situation muss bereits ernster sein als angenommen."

Schweigend folgten sie ihrem König aus der Höhle.

ZEHN

Der restliche Weg, welcher noch vor ihnen lag, war recht überschaubar. Nach Hagras Schätzungen sollten sie in weniger als zwei Stunden vor den Toren Kenburs stehen, zumindest falls ihnen nicht wieder irgendein mysteriöser Angriff aus dem Nichts den Pfad versperrt. Hagras musste immer zu an die Worte des Königs denken, als sie die Höhle verlassen hatten. Vor allem die Reaktion Vandruts auf die Klinge machte ihm erhebliche Sorgen. War das Angst in den Augen des Königs gewesen? Wenn ja, konnte er sich nicht erklären, warum. Die Beunruhigung über das Erlöschen der Flammen verstand er allerdings. Sein Vater hat ihm vor dessen Tod oft die Sagen und Legenden des Landes erzählt, als er noch ein Kind war, und die Flammen waren Teil einer alten Prophezeiung gewesen. „Solange das Licht der unendlichen Fackeln die Finsternis erhellt, wird kein Übel über Aeden hereinbrechen. Solange das Böse hinter der Grenze verkümmert, wird jeder Fels seinen Platz kennen und verborgenes nicht zum

Vorschein bringen." Wiederholte Hagras die Geschichte in seinem Innersten. Erinnerungen an seinen Vater kamen abermals in ihm auf. Der alte Hillblade war ein weiser Mann gewesen, was würde Hagras für seinen Beistand und Rat jetzt geben. Die lieblichen Düfte von Rosen rissen ihn schroff aus seinen Erinnerungen an den brutalen Mord seines Vaters. Die Landschaft um die Gruppe hatte sich rapide verändert, seit sie den Berg hinabgestiegen waren. Wo einst nur flache, von Stollen durchlöcherte Wiesenlandschaft herrschte, erblühte jetzt das Leben in all seiner Pracht. Hagras und Barimor wussten aus Erzählungen zwar, dass der Boden, je näher man sich Kenbur und damit der Grenze zum Danbron Atoll näherte, fruchtbarere und Arten vielfältiger wurde, hatten sich es aber in ihren kühnsten Träumen nicht so ausmalen können. Hagras wagte fast zu behaupten, dass nicht einmal der begabteste und beste Maler ganz Aedens so viele Farben kennen würde, wie sich ihnen hier darboten. Von kleinen, beinahe unscheinbaren Gänseblümchen, welche die Wiese verzierten, wie kleine Sterne den Nachthimmel erhellten, bis hin zu dem größeren, pompösen Leinkraut waren alle Wiesenblumen verträten. Doch damit nicht genug. Hatte man erst einmal die bekannteren Wiesenblumen passiert, wurde es exotischer. Imposante Blüten ragten aus dem Blumenmeer hervor, ihr Farbspektrum übertraf alles, was der Minenzwerg je gesehen hatte. Nachdem man sich an den Farbteppich vor seinen Füßen erst einmal gewöhnt hatte, wand man sich wieder dem lieblichen Duft zu, den man zuvor bereits vernommen hatte. „All die herrlichen Düfte der Blumen vermischen sich zu einem einzigen Wirrwarr berauschender Sinnlichkeit", dachte Hagras als er tief einatmeten und die Ruhe in sich einsog, welches diese Szenerie mit sich gebracht hatte. Bestimmten noch wenige Schritte zuvor Traurigkeit und Trübsal seine Laune, so war nun alles Negative aus ihm entfleucht, als hätte er es einfach ausgeatmet, nachdem der Blütenduft den Platz in seinem Inneren für sich beansprucht hatte.

Lange konnten sie diesen herrlichen und idyllischen Anblick jedoch nicht genießen, bevor ihnen der Ernst ihrer Reise wieder erschreckend bewusst wurde. Über ihnen zogen dunkle Schatten ihre Kreise wie Aasgeier über ihr sterbendes Mahl. Ein Schauer lief Hagras über den Rücken, eine dunkle Vorahnung huschte vor sein inneres Auge und er sah Tod und Verderben über dieses schöne Feld hinwegfegen. Vandrut brachte sein Reittier zum Halten und auch Hagras und Barimor blieben stehen. Sie beobachteten die Schatten, welche viel zu groß für herkömmliche Vögel gewesen waren. Sachte hob Vandrut seinen Kopf an und durchkämmte den Himmel. Wolken hingen dicht über ihnen und versperrte ihn die Sicht auf das, was er vermutete bald zu sehen. Hagras und Barimor wagten es ihm nicht gleichzutun. Nach allem, was ihnen bereits über den Weg gelaufen war, wollten sie sich die erneute Gefahr nicht vergegenwärtigen. Wie von einer Biene in den Hintern gestochen, schrie Vandrut plötzlich auf. „Lauft!" Entgegnete er seinen Kameraden dicht gefolgt von umherfliegenden Blumen, welche von den Pfoten des Säbelzahns ausgerupft und beim Lauf herumgeschleudert wurden. Gerade als Hagras und Barimor aus dem Stand in den Sprint hechteten, stürzte etwas vom Himmel herab, direkt auf die beiden Freunde. Mit einem gellenden Schrei warf sich das hässliche Etwas auf die beiden. Die dunkelbraunen Flügel schlackerten ihnen um die Ohren, das fratzenhafte Gesicht des Ungetüms fauchte sie aus einem voller rasiermesserscharfer Zähne besetzten Mund an. Hagras wollte nach seinem Schwert greifen, doch die Harpyie hielt ihn mit ihren klauenartigen Hinterbeinen fest im Griff. Auch Barimor konnte nur nach den Viechern treten, was sich als wenig effektiv erwies. Es machte die fliegenden Furien nur noch aggressiver. Zu der Erleichterung der Zwerge ließ Vandrut seinen Säbelzahntiger kehrtmachen. Das Gebrüll des Tieres und das Fauchen der Furien vermischte sich für einige Sekunden. Beide Seiten nahmen eine drohende Körperhaltung ein und die Biester waren so weit abgelenkt, dass Hagras sich traute, abermals nach seiner Klinge zu greifen. Nur wenige Millimeter trennten seine Finger von dem Schaft des Schwertes, da riss die Harpyie ihren Blick von dem Tiger weg und starrte Hagras bedrohlich an. Etwas in ihm machte Klick und anstatt durch den Blick wie gelähmt dazuliegen, schnappte er den Griff seines Schwertes. Er löste seinen Arm endgültig aus den Klauen der Harpyie und schwang seine Klinge einige Male schier ziellos in der Luft umher. Die Furien ließen blitzschnell von den Zwergen ab und vergrößerten den Abstand zwischen den beiden verfeindeten Fraktionen um einige Flügelschläge. Barimor und Hagras richteten sich langsam auf. Noch immer stocherte Letzterer unkontrolliert in den Himmel, in der Hoffnung, eines der Biester zu erwischen. Vergebens. Geschickt wichen die Harpyien jedem Hieb der Klinge mit einer flinken Bewegung der Flügel aus. Obwohl man sie so etwas auf Abstand halten konnte, ließen sie sich deswegen aber noch lange nicht vertreiben. Als die Gruppe dies realisiert hatte und erkannte, dass es ein sinnloser Akt war, hier weiter zu stehen und zu versuchen, die Dinger zu bekämpfen, rannte man drauf los. Hagras schwang im Lauf immer wieder mit seinem Schwert nach den Harpyien, erwischte keine, aber auch diese erhaschten keinen der Zwerge. Nach einiger Zeit waren die beiden zu Fuß laufenden Zwerge erschöpft und Vandrut erkannte, dass dies vermutlich auch die Taktik der Biester geworden war, nachdem sie sie nicht aus dem Hinterhalt überwältigen konnten. Er befahl seinem Tier stehenzubleiben und den beiden Zwerge aufzuspringen. Zu dritt war es sichtlich eng auf dem katzenartigen Tier, doch es verschaffte den Minenzwergen eine kleine Verschnaufpause, eh sie wenig später wieder von dem Tier absprangen und selber liefen. Der Tiger konnte sie schließlich nicht alle den restlichen Weg tragen. Drei Zwerge am Rücken waren doch eine beträchtliche Last, welche das Tier nicht gewohnt war zu tragen.

Nachdem sie diese Prozedur des Auf- und Absteigen zweimal wiederholt hatten, sahen sich die Kameraden immer noch verfolgt von den Harpyien in Sichtweite der Stadtmauern Kenburs. Erleichterung machte sich in Hagras breit, aus der er neue Kraft schöpfen konnte. Als wäre er die letzten beiden Stunden nicht die meiste Zeit in Höchsttempo von den Harpyien davon gerast, legte er nun einen Zahn zu. Barimor, welcher die ganze Zeit über hechelnd mitgehalten hatte mit seinem Freund, war erstaunt über dessen neugewonnene Stärke und vergaß für einen Augenblick, unter welchen Umständen er sich befand. Er wurde langsamer und da Hagras schützende Schwerthiebe inzwischen weit vor ihm waren, fasste einer der fliegenden Unholde über ihm den Entschluss anzugreifen. Ein hoher Schrei erklang über seinem Kopf, wie der eines kleinen Ferkels, welches gerade abgestochen wurde und die Harpyie fiel leblos vor Barimor in die Blumenwiese. Schreck erfüllt blieb er stehen und fixierte den reglosen Körper vor ihm. Das zuvor noch rote Glühen in den Augen der Harpyie war erloschen und an dessen Stelle war ein mattes Schwarz in den Vordergrund gerückt. Das dunkelrote Blut strömte aus der Wunde des Wesens. Erst jetzt erkannte Barimor, was das Monster getötet hatte – es war ein Pfeil!

Da erklang auch schon ein Horn nicht allzu weit von den Zwergen entfernt und man konnte das gleichmäßige Traben von Reittieren vernehmen. Hagras erkannte das Wappen auf den Schildern und Flaggen der königlichen

Garnison sofort und sank erleichtert nieder. Endlich hatten sie Verstärkung, endlich waren sie angekommen.

Die Garnison war gerade um die Mauern Kenburs patrouilliert, als einer der Späher Alarm schlug. Er habe verdächtige schwarze Vögel gesichtet und glaube den königlichen Säbelzahn direkt unter dem Schwarm erkannt zu haben. Sofort preschte man auf den weißen Kriegsrössern der Bedrohung entgegen und metzelte sie nieder. Man brachte Prinz Vandrut und seine Gefährten sicher hinter die königlichen Mauern.

Der Blick der Harpyie war auf die um sie liegenden Blumen gerichtet. Der Blutfluss ergoss sich über die Erde und verfärbte diese tiefrot. Zuvor weiße Blüten erstrahlten in der Farbe des Blutes, als die Kugel schwarz wurde und man keinen Einblick mehr auf die Geschehnisse der Wiese hatte.

Wutentbrannt hörte man die Gestalt vor der Kugel aufschreien, eh sie einen der hinter sich stehenden Oger mit einer graziösen Bewegung aus dem Handgelenk vaporisierte. Ein Sturm brach über die Feuerlande herein. Man bereitete sich auf den Krieg vor.

ELF

Direkt nach ihrer Ankunft in dem königlichen Palast war Vandrut mit seinen Beratern den restlichen Königen Belleborgs im Ratssaal beigetreten. Hagras und Barimor waren zunächst in der Sitzung nicht erwünscht, dies kam nicht etwa vonseiten des noch offiziell zu krönenden Zwergenprinz, sondern viel mehr von den übrigen Königen. Sie sahen nicht ein, wieso niedriges Zwergenvolk einer so heiklen Sitzung beiwohnen dürfen, solle, schließlich sind ja auch keine Vertreter ihres Volkes, außer sie selbst und ihre obersten Berater anwesend. Bevor Vandrut durch die großen und mit schönsten Verzierungen geschmückten Türen in den Saal trat, wandte er sich noch einmal Hagras zu und bat ihn, in der Nähe der Halle zu bleiben. Schon bald würden die Mitglieder des Rates ihre Meinung zu ihm und Barimor ändern, da sei er sich ganz sicher. Einzig und allein durch ein Nicken zeigte Hagras dem Prinzen sein Einverständnis, bevor dieser in dem Saal verschwunden war. Die schweren Türen fielen hinter

Vandrut mit einem lauten Knall zu und Wachen postierten sich vor ihnen. Hagras war nicht wirklich zu Erkundungen des Palastes zumute, weswegen er sich kurzerhand an eine Wand gelehnt vor dem Saal auf den Boden hinhockte. Barimor hingegen nahm die Gelegenheit beim Schopf und streifte durch den Palast, um sich einen Überblick zu verschaffen. Die Politik interessierte ihn wenig, er würde wieder zur Stelle sein, wenn die feinen Herrschaften fertig waren mit ihrer verruchten Diplomatie. Vandrut war der Einzige, der das Leid selbst miterlebt, die Angriffe gesehen hatte und fast sein Leben lassen musste unter der neu gefundenen Macht der Feuerlande. Und bevor das nicht auch für die anderen Ratsmitglieder galt, würden sie der Mobilisierung von etwaigen Truppen oder gar einem Kampf nicht zustimmen, davon war Barimor fest überzeugt. Das Einzige, was er als kleiner Minenzwerg nun machen konnte, bestand für ihn darin, sich seiner Umgebung und etwaigen Sicherheitslücken bewusst zu sein, um sich gegebenenfalls verteidigen zu können. Er war schließlich einer der wenigen im Palast, der wusste, wie nah die Gefahr tatsächlich war, wieso sollte er sich dann genauso dumm stellen wie die noblen Leute in ihrem ach so wichtigen Ratssaal? Barimor Frostmähne würde nicht zu den unschuldigen Opfern dieser unfähigen Aristokraten gehören, so viel stand fest. Er hatte sich bereits einen groben Bauplan des Schlosses gemacht, als er im Innenhof angelangt war, welchen sie bei ihrem Eintreffen nicht passiert hatten. Er fand es äußerst merkwürdig, dass sie durch einen der Hintereingänge eingetroffen waren, doch jetzt, wo er neben dem Brunnen, welcher sich im Zentrum des Hofes befand, stand und sich umschaute, ging ihm ein verstaubtes Licht in seinem Kopf auf. Der Haupteingang, welcher in den Innenhof führte, lag direkt gegenüber von dem Ratsaal, welcher durch große Fenster und einem wunderschönen gusseisernen Balkon über den gesamten Innenhof seine Herrschaft veranschaulichte. Wenn man den lädierten Zwergenprinzen also hier durchgebracht hätte, obendrein noch mit zwei niedrigen Zwergen im Schlepptau, hätte der frisch gebackene König wohl wenig Respekt von den Ratsmitgliedern erhalten. „Deswegen brachte man uns hintenrum in Schloss", dachte Barimor etwas aufgebracht, „man musste den feinen Herrn noch zurechtmachen und sich seiner dreckigen Delegation entledigen." Wütend schnaubend stapfte der Rothaarige nun um den Brunnen im Kreis, bevor er einen Entschluss fasste. „Diesen noblen Nichtstuern werd ich jetzt mal gehörig die Meinung sagen!" Begann er und setzte gerade an, einen Schritt in Richtung Schlossinneren zu unternehmen, als sich ihm der Tiger des Prinzen in den Weg stellte, sich aufplusterte, die Ohren anlegte und bedrohlich knurrend die Zähne bleckte.

Die Tore hatten sich geöffnet, ein Oger nach dem anderen ging im Gleichschritt hindurch. Bis auf die Zähne bewaffnet marschierte die finstere Macht der Feuerlande durch die lila schimmernden Portale, während eine in schwarz gekleidete Person in einer längst vergessenen Sprache wieder und wieder Texte rezitierte. Der Einmarsch in die Hauptstadt Belleborgs hatte begonnen.

Während Barimor sich einen Eindruck verschaffen gegangen war, harrte Hagras noch immer vor dem Saal aus. Er wartete nicht darauf, endlich geladen zu werden, er wartete auf einen Befehl, auf irgendetwas, dass Ulils Tod nicht nutzlos und sinnbefreit erscheinen ließ. Der Zwerg sollte nicht sein Leben für eine Konferenz der Höheren gegeben haben, die womöglich so lange dauern würde, dass der Feind bereits vor den Türen klopfte. Plötzlich rührte sich etwas, die Wachen wichen zur Seite, Berater aller Völker Aedens strömten aus dem Saal, sodass nur mehr die Könige zurückblieben. Hagras war sofort aufgesprungen, als die Flügeltüren sich öffneten und stand nun erwartungsvoll vor der Halle. Vandrut zeigte ihm mit einer einladenden Handbewegung, dass er eintreten könne, was er auch sofort tat.

„Meine geschätzten Ratsmitglieder, das ist der junge Zwerg, von dem ich eben gesprochen hatte. Hagras, das sind die vier Könige der restlichen Bevölkerung Belleborgs. Der König der Menschen, Isidorus Bardas."

Vandrut zeigte auf einen stattlichen Mann mit feinen Zügen, einem dunkeln Teint und dunkeln Haaren. Der Nobelmann nickte Hagras mit einem freundlichen Lächeln zu, ohne auch nur ein Wort zu sagen, war das offenbar die wärmste Begrüßung, die er sich von diesem schweigsamen Taktiker erwarten konnte. „Das hier ist Loris, der König der Sylphen", sprach Vandrut weiter und ein kleines geflügeltes Wesen in seinen Komplexen sehr den Menschen ähnlich, flog ein Stückchen hervor und beäugte den Zwerg. Der Sylphe war kleiner, aber ließ sich nicht auf Augenhöhe des Zwergs herab, vielmehr schwebte er beinahe lautlos über ihm, sodass Hagras seinen Kopf in den Nacken legen musste, um den Sylphen zu sehen. Auch dieser sagte kein Wort. Jedoch verwunderte Hagras das keineswegs, Sylphen waren nicht gerade bekannt für ihre Redseligkeit. In dem Moment, als Vandrut weitersprechen wollte, mischte sich schon die Königin der Elben ein. „Ich kann mich selber vorstellen, Vandrut, danke." Erhobenen Hauptes und voller Grazie schritt sie Hagras entgegen. Falls ihre Füße den Boden unter ihrem langen roten

Kleid berührten, so machten sie dabei keinerlei Geräusche. Das Kleid selbst schimmerte in allen Rottönen zugleich, war aus edelster Seide hergestellt und mit silbernen Bestickungen verziert. „Als hätte eine Elbe es nötig, sich herauszuputzen", dachte Hagras, bis auf ihre langen Ohren waren sie doch ohnehin makellos. Die Ohren hatte die Elbin keineswegs mit ihrem langen, dunkelblonden Haaren zu verschleiern versucht. Im Gegenteil, ihre Frisur schien sie noch besonders zu betonen, denn der Dutt, welchen sie mit der oberen Hälfte ihres Haars kunstvoll zusammen gesteckt hatte, ließ das Hauptmerkmal der Elben geradezu herausstechen. Den Rest ihrer dichten Haare ließ sie einfach so herunterhängen und er schien sie auch nicht weiter zu stören. „Ich bin Sakaala Helestra, die Königin der Elben Belleborgs. Willkommen in unseren bescheidenen Reihen Hagras Hillblade." Sie hielt ihm die Hand auffordernd hin, welche er ergriff und nicht, wie sie erwartet hatte, küsste, sondern gegen seine geneigte Stirn hielt. Für ihn war dies ein größerer Beweis seiner Dankbarkeit hier sein zu dürfen, als jeder

Handkuss hätte sein können. Die Elbin rümpfte kurz verwundert ihre kleine Nase, bevor Vandrut auch schon den Letzten in der Runde vorstellte. „Und das Hagras, ist der König der Nalian Belleborgs, Ceames Terberis." Hagras blickte zu dem Katzenwesen mit hellbraunem Fell, welches von weißen Einschlüssen durchzogen war. Seine Mähne war lang und zu Dreadlocks geflochten. Die Miene des Nalian Königs wirkte amüsiert, vermutlich über die Behandlung der Elben Königin. Er trat einen Schritt an Hagras heran und streckte seine flauschige Tatze dem Zwerg entgegen. „Sehr erfreut", sprach er mit einer angenehm tiefen und dennoch befremdlichen Stimme. Hagras hatte sich noch nicht ganz an den Anblick einer riesigen, sprechenden Katze gewöhnt. Nalian waren in seinem Dorf eher selten zu Gast gewesen und wenn, waren sie unter sich und sowieso nur auf der Durchreise. Die beiden schüttelten sich die Hände, eh der Blick des Nalian auf Hagras Schwert fiel. Seine Pupillen erweiterten sich und er sah Vandrut kurz entsetzt an. „Du hast also tatsächlich die Wahrheit gesprochen." Er wandte sich nun auch an die restlichen Könige Belleborgs als er verkündete: „Der Zwerg hatte recht in seiner Vermutung, das ist die Klinge, die mein Ahn Amorn Terberis vor so vielen Jahren zu unserem Schutz geschmiedet hat, ich kann noch immer seine Magie spüren. Sein Geist und die Absicht, in der er dieses Schwert herstellte, liegt noch wie ein Schleier über ihr." Sakaala hob die Hand vor ihren Mund. Der bloße Schock stand ihr ins Gesicht geschrieben. Der König der Sylphen und der, der Menschen brachen sofort in eine hitzige Diskussion aus, was denn jetzt nicht zu tun sei. Man schlug vor, Hagras aus der Stadt zu werfen und ihm der Schlange gegenüberzustellen. So würde man Kenbur beschützen und das Schwert samt seinem Träger würden die Bestie schon zu Fall bringen. Onyxschulter und Terberis widersprachen, es sei nicht gewiss, ob die Schlange Hagras als Ziel habe, nur weil er das Schwert hat, sie könnte ihn genauso gut verschonen und schnurstracks über die Stadt herfallen. „Solange man das aber nicht mit Bestimmtheit weiß, sollte es eine Option sein, den Zwerg hier raus zu bugsieren." Meinte Loris. „Nichts gegen dich, Hagras. Aber dieses Schwert könnte mit seiner Magie unseren Untergang herbei beschwören, anstatt ihn zu verhindern!"

Die Ratsmitglieder verfielen in eine hitzige Debatte darüber, was man denn nun am besten machen sollte und inmitten dieser Diskussion stand Hagras. Nichts sagend und alleingelassen kam er sich vor als er den Königen den Rücken zudrehte und zum Fenster des Saales trat. Als er so in den Hof und über die Mauern des Schlosses blickte, konnte er spüren, wie sein Schwert wieder wärmer wurde. Er kannte das Gefühl, wusste, was es bedeutete und griff instinktiv nach der Waffe. Mit der Klinge in der Hand suchten seine Blicke die Stadt nach einer Bedrohung ab, bis er schließlich Rauch aus einem der Randbezirke knapp hinter den Mauern Kenburs aufsteigen sah.

Der Feind war in die Hauptstadt eingedrungen.

ZWÖLF

Barimor verstand die Welt nicht mehr. In einer Sekunde schleckt einem das Vieh mit seiner rauen Zunge noch über das Gesicht und in der nächsten knurrt es einen aus heiterem Himmel an. Er erwartete, dass der Tiger ihn anspringen würde, falls er sich auch nur getraute, einen Millimeter zu bewegen. Deshalb beschloss er wie angefroren stehen zu bleiben und dem Tier einen „Wer-blinzelt-hat-verloren" Wettbewerb darzubieten, wie ihn noch kein Zwerg je gesehen hatte. Barimor blickte also in die kalten, bernsteinfarbenen Augen des Säbelzahns, als ihm plötzlich auffiel, dass der Blick und somit auch das Knurren gar nicht ihm galten. Erst jetzt wurde ihm klar, dass das Tier eine Bedrohung sah, die hinter Barimor lag. In dem Moment, als er sich umdrehen wollte, flogen die Türen des Schlosses in hohem Bogen auf, Soldaten stürmten aus ihren Baracken, die sich rund herum am Hof befanden und Hagras, gefolgt von den fünf Königen stürmte über den Innenhof. Komplett überrumpelt stand Barimor neben dem Brunnen und sah dem Treiben gedankenverloren zu. Alle griffen zu den Waffen, sprangen auf ihre Reittiere und eilten aus den schützenden Mauern des Schlosses der Gefahr entgegen. Das alles ging dem rothaarigen Zwerg etwas zu schnell, und als er endlich in die Gänge kam und eine Waffe in Händen hielt, waren alle schon fort. Das dachte Barimor zumindest. Hinter sich hörte der Zwerg Krallen auf den Pflasterstein aufschlagen und ein Lufthauch streifte seinen Rücken. „Braucht der Herr eine Sondereinladung?" Bei diesem spöttischen Ton wurde das hitzköpfige Gemüt des Zwergs auf die Probe gestellt. Mit Schwung drehte er sich um und wollte darauf losbrüllen, doch was vor ihm stand, ließ den so redseligen Zwerg verstummen. Ein weißer Greif posierte mit weit ausgebreiteten Flügeln vor ihm, der Schnabel des Tieres nur wenige Zentimeter vor seinem Gesicht. Er musste vor dem riesigen Tier winzig wirken, doch erst als er den Besitzer des Tieres sah, kam er sich wirklich klein vor. Ihre Haare erstrahlten durch die einfallenden Sonnenstrahlen wie flüssiges Gold und ihre hellgrauen Augen funkelten Barimor herausfordernd an. Geschickt führte sie die Zügel des massiven Vogels und schon bald stand Barimor vor dessen Flanke. Die goldene Göttin nickte ihm bedeutungsvoll an aufzuspringen, reichte ihm sogar die Hand. Als er schlussendlich auf dem Greifen Platz genommen hatte, zögerte sie keine Sekunde und gab dem Tier zu verstehen, sich in die Lüfte zu erheben. Barimor verkniff sich ein angsterfülltes Aufschreien und klammerte sich stattdessen voller Verzweiflung um die schlanke Statur vor ihm. Sie roch gut, lieblich wie der erste Frühlingstag. Die Tatsache, dass sie einen Greif als Reittier hatte, verriet Barimor alles, was er wissen musste über sie – sie war eine Elbenkönigin und damit weit über seiner bescheidenen Liga.

Unterdessen ritten die Soldaten des königlichen Rates durch die engen Gassen der Großstadt. Das Traben von Pferdehufen erklang überall und hallte bis in die letzte Ritze des Ortes. Der Klang des Krieges war über sie hereingebrochen, wie ein Regentag im April. Schnell und ohne jede Vorwarnung. Fliehende Bewohner strömten den Truppen entgegen und erschwerten ihnen das Vorankommen. Vandrut ritt neben Hagras auf seinem Tiger, dicht hinter ihnen rannte Terberis auf allen vieren und sah dabei dem Säbelzahn nicht unähnlich. Seine Waffe hatte er sich auf den Rücken geschnallt, damit sie ihn im Lauf nicht behindern würde. Vandruts Blick richtete sich oft gegen den Himmel, noch ahnte Hagras nicht, weswegen. Er konnte nur mutmaßen. Kurz bevor sie die Quelle des Rauches und der Schreie erreichten, rief Vandrut einem Teil der Truppen zu, sie sollen die Sicherheit der Bürger gewährleisten und sie in Richtung innere Stadt schicken. „Die Leben der Zivilisten haben oberste Priorität", schrie nun auch Isidorus. Der Sylphe war inzwischen weitergeflogen und hatte sich die Lage aus der Nähe angesehen. Bis zu einem der großen Marktplätze am Rande der Stadt war die Schlange bereits vorgedrungen. Dutzende von Ogern folgten ihr auf Schritt und Tritt, metzelten alles nieder, was sich rührte. Loris kehrte um und erstattete den übrigen Königen Bericht. Vandrut und Terberis nickten, ehe Letzterer sich bedeutungsvoll aufrichtete, den Stab in beide Hände nahm und die

Augen schloss. „Lomo arlo. Lomo sano", flüsterte der Magier und hob dabei seinen Stab in Richtung Himmel. Wenig später wiederholte er die Worte laut, stoß seinen Stab blitzschnell gegen den Pflasterstein unter ihnen und riss die Augen auf. Mit einem Mal war eine heftige Erschütterung zu spüren und ein hellblauer Schleier floss wie klares Kristallwasser über die inneren Bezirke der Stadt. Die Augen des Nalian hatten dieselbe Farbe eingenommen wie die Kuppel, welche sich langsam über Kenburs Kern abzeichnete. Vier weiter Nalian, komplett in Kriegsmontur, nahmen rund herum um ihren König Stellung ein, während dieser den Zauber zu Ende wirkte. Allein wenn man die angsteinflößenden Blicke dieser Krieger ansah, wurde einem schnell klar, sie würden Terberis mit ihrem Leben beschützen, und sie würden nicht leicht zu töten sein. Zufrieden nickend pfiff Vandrut. Mit einem Schwert bewaffnet preschte er voran in das Gefecht. Noch vor kurzer Zeit hätte er das von sich nie für möglich gehalten, und doch musste er es jetzt tun. Er musste der sein, für den ihn jeder hielt, ein Held durch und durch. In seinen Adern floss schließlich das Blut der Onyxschulter, nichts würde seinen Willen brechen, nichts seinen Wagemut erschüttern. Er war von Geburt an, nein von dem Recht seines Blutes an dazu bestimmt zu führen, ein Herrscher zu sein – und dieses Recht galt es jetzt zu verteidigen.

Dicht gefolgt von Hagras, Isidorus und den restlichen Soldaten, traf er auf dem Marktplatz ein. Vor ihnen ergoss sich ein Meer des Blutes. Die Pflastersteine waren durch und durch getränkt von der Farbe Rot und in ihren Zwischenräumen floss es in Strömen bis zu den Hufen ihrer Reittiere. Der Menschenkönig war der Erste, der von seinem riesigen Widder abstieg und in die Lacke unter ihm sprang. Das aufspritzende Blut wurde von der Wolle des weißen Widders sofort aufgesogen – es sollten auch nicht die einzigen Flecken sein, die es schmecken durfte. Auch Vandrut und Hagras waren nun von ihren Reittieren gestiegen. Mit beiden Händen fest umklammert, hielt Hagras die Klinge, welche inzwischen wieder lichterloh leuchtete. Die Wärme und Energie des Schwertes umgab ihn und umhüllte ihn wohlig. Er verspürte keine Angst in diesem Moment, nur Zorn durchfuhr ihn, wenn er in die Augen der Schlange vor ihm sah. Diese hatte sich bedrohlich vor der Truppe aufgebaut, züngelte ihnen frech und auffordernd entgegen. Oger hatten sich um die Amphibie gesammelt und brachen wie auf Befehl über die Soldaten her. Links und rechts von ihnen hörte man das Geräusch von Metall, welches auf Metall schlug. Hin und wieder hörte man einen dumpfen Schlag. Dieser kam von einer der Keulen, welche ein Oger mit bedrohlicher Präzision und Kraft auf einen Schild eines belleborgischen Soldaten nieder schwang. Die Schlange hingegen bewegte sich noch immer keinen Deut. Vandrut sah dies als gutes Zeichen, solange Terberis noch nicht hier war, würde man dieses Vieh wohl ohnehin nicht zur Strecke bringen können. Plötzlich hagelte es Pfeile von Himmel, die allesamt der Schlange galten und ein weißer Greif stürzte auf die Bestie nieder. Diese Ablenkung sich zunutze machend, griffen Vandrut und Isidorus nun von beiden Seiten den noch immer aufgerichteten Vorderkörper der Schlange an. Rechts hackte Isidorus mit einer Axt auf das schwarz glänzende Monster ein, links Vandrut mit seinem Zweihänder. Einzig und allein Hagras stand da und tat nichts. Er wartete noch immer auf den rechten Moment und für ihn war dieser noch nicht gegeben. Barimor und seine schöne Begleitung waren inzwischen von dem Greif abgesprungen und attackierten die Bestie ebenfalls, bis das Tier einen Laut von sich gab, der alle um sie in die Hocke sinken und sich vor Schmerzen die Ohren zuhalten ließ. Die Sicht verschwamm Hagras und er fuchtelte wild mit der Klinge um sich. Als das Tier aufgehört hatte zu schreien, richtete es seinen Blick zunächst auf Hagras, doch etwas in ihm sagte dem noch immer am Boden sitzenden Zwerg, dass sie ihn nicht angreifen würde. Ein giftiger Blick blitzte in den karminroten Augen der Schlange auf und ruckartig wand sie sich dem Zwergenprinzen zu. Unwillkürlich sprang Hagras auf, festigte seinen Griff um den Schaft der Waffe und prescht der Schlange in Windes-Eile entgegen, während diese ihren Kopf vorschnellen ließ, das Maul aufriss und Vandrut zu verschlingen drohte. Mit einem Mal überkam Hagras das Gefühl der

Hilflosigkeit, sie spielte mit ihm, dieses Biest wusste er würde nicht rechtzeitig zu seinem Freund geraten, so wie sie es bei Ulil gewusst hatte. Tränen rannten dem Zwerg über die Wangen und sein Gesichtsausdruck war der, der puren Verzweiflung, als sich der Himmel über ihm erhellte und etwas der Schlange einen heftigen Stoß gegen ihren Kopf verpasste. So schnell ihn seine Beine zu tragen vermochten, eilte er auf den Prinzen zu, half ihm auf und stellte sich schützend vor ihn. In der Wange der Schlange klaffte eine Brandwunde und zischen sah sie in die Richtung, aus der der Feuerball gekommen war. Dort, gerade aus einer Gasse hervorkommend, stand Ceames Terberis und starrte die Dolae eindringlich an. Rings um ihn waren die vier Nalian von vorhin, die nun allen umliegenden Ogern erfreut die Last des schweren und dennoch leeren Kopfes zwischen den Schultern nahmen. Langsam hatten sich auch alle Verbündeten wieder aufgerafft und neu formiert. Terberis schritt über die Leichen der Feuerlandbewohner hinweg und fokussierte all seine Kräfte auf den Feind vor sich. Er atmete tief ein, hielt die

Spitze seines Stabes, in welcher ein brauner, unscheinbarer Stein lag, vor seinen Mund und pustete all die gesammelte Luft aus seiner Lunge hinaus. Die Spitze des Stabes fing daraufhin an zu brennen und Flammen umgaben das große schwarze Tier mit den rachsüchtigen Augen. Wie wild schlug die Bestie mit ihrem Schwanz um sich, schnappte nach nahe gelegenen Soldaten und vorbeilaufenden Zivilisten.

„Fen", erklang die helle Stimme in Hagras Kopf wieder, als er eine alte Frau an der anderen Seite der Straße sah, wie diese gerade drohte, von der Schlange zerquetscht zu werden. Er widersetzte sich dem Drang, ihr einfach den Rücken zu kehren und kam der Frau zu Hilfe. Hagras stieß die Alte gerade noch rechtzeitig in eine Seitengasse, als Hagras selbst von einem heftigen Schlag des Schlangenschwanzes erfasst und mehrere Meter durch die Luft geschleudert wurde. Erst als er, mit dem Rücken voran, gegen eine Hausmauer krachte, war seine unfreiwillige Flugstunde beendet. Wie auch schon nach dem Sturz in die Schlucht ging es ihm aber erstaunlich gut, allenfalls etwas benommen schien er und laut seinen gemurmelten Antworten auf Barimors schnelle Fragen, während um sie herum das Gefecht immer noch weiterlief, sah er strahlende Sterne vor sich. Er schüttelte einmal schnell den Kopf und versichert seinem Freund, er sei noch kampffähig. Barimor sah ihn skeptisch an, konnte aber nicht nachhaken, da bereits ein Oger mit vollem Gebrüll auf sie zu rannte. Hagras ergriff die Flucht. Nicht, weil er Angst hatte, sondern weil er höhere Ziele hatte. Schnurstracks rannte er auf den Greifen Sakaalas zu, schnappte sich dessen Zügel und ließ sich von dem Tier in die Lüfte erheben. Nur an den Zügeln baumelnd schrie er Terberis zu: „Jetzt!"

Im Bruchteil einer Sekunde hatte der Magier abermals einen großen Feuerball direkt auf den Kopf der außer sich stehenden Schlange katapultiert. Wie benommen schlängelte das Tier zurück und in dem Moment als es gerade seine volle Wut auf die Truppe entfesseln wollte, verloren seine Augen die kräftige Farbe des Blutes und die Dolae sank leblos zu Boden.

Hagras hatte die feurige Kugel des Magiers als Ablenkung benötigt, um sich von den Lüften aus auf den Hinterkopf des Tieres fallen lassen zu können. Das hell leuchtende Schwert mit beiden Händen fest umschlungen und über seinem Kopfe haltend ließ er sich vom Greifen fallen, um die Klinge schlussendlich tief in das Gehirn des Wesens aus der Unterwelt zu treiben.

Keuchend rutschte Hagras von dem Kopf der Schlange hinab und sah sich um. Seine Gefährten hatten sämtliche Kreaturen der Feuerlande getötet. Die Gefahr war gebannt, zumindest für den Augenblick.

Jemand zupfte an den Gewändern des Zwergs. Als er sich umdrehte, stand die Alte vor ihm, welche er gerettet hatte. Sie packte ihn an beiden Armen und hielt ihn fest.

„Ihr mögt vielleicht die Dolae geschlachtet haben, junger Hillblade, aber denkt an die Legende! Dieses Monster konnte sich nicht von allein befreien. Ein neuer Herr der Schatten muss sich erhoben haben, um dies heraufzubeschwören! Und was man den Kindern hierbei nie erzählt ist, dass die Dolae nicht das schlimmste Unheil sein wird, das von nun an über Aeden herfällt."

Als die Kameraden sich um Hagras versammelten, war die Alte schon weg und niemand der anderen hatte sie gesehen.

In den Feuerlanden brodelte es. Vulkane brachen aus und Lava ran von den schroffen Bergen des Landes hinab. Die Niederlage der Dolae würde nicht einfach so hingenommen werden. Bereits als das Licht der kristallenen Kugel erloschen war und das letzte bisschen Leben aus der Dolae verschwand, hatte sich die dunkle Gestalt einen Edelstein gegriffen, war auf ein schwarzes Streityak gestiegen und begann nun selbst den Vormarsch in die feindlichen Gebiete.

DANKSAGUNG

Ich möchte mich hiermit herzlich bei all jenen bedanken, die mir während dem Schreibprozess, und auch davor schon, zur Seite gestanden haben. Die mich unterstützt haben und mir des Öfteren auch mal gesagt haben: „Nö, find ich doof. Versteh ich nicht." Ohne diese Menschen wäre der erste Band von *Die Zwerge Aedens* nicht so, wie er jetzt vor euch liegt.